GLADIATOR 角斗士

为自由而战

【英国】西蒙·斯卡罗 ◎ 著
王继成 ◎ 译

四川少年儿童出版社

图书在版编目（CIP）数据

为自由而战 /（英）斯卡罗著；王继成译. -- 成都：四川少年儿童出版社，2014.12
（角斗士）
ISBN 978-7-5365-6890-7

Ⅰ. ①为… Ⅱ. ①斯… ②王… Ⅲ. ①长篇小说－英国－现代 Ⅳ. ①I561.45

中国版本图书馆CIP数据核字(2014)第290311号
四川省版权局著作权合同登记号：图进字21-2014-23-26

出版人：	常青	地　址：	成都市槐树街2号
责任编辑：	隋权玲	网　址：	http://www.sccph.com.cn
责任校对：	金延萍	网　店：	http://scsnetcbs.tmall.com
美术编辑：	汪丽华	经　销：	新华书店
插　　画：	肖川	印　刷：	北京艺堂印刷有限公司
责任印制：	王　春　袁学团	成品尺寸：	210mm×135mm
		开　本：	32
	JUEDOUSHI WEI ZIYOU ER ZHAN	印　张：	6.25
书　　名：	角斗士·为自由而战	字　数：	125千
作　　者：	西蒙·斯卡罗【英国】	版　次：	2015年5月第1版
翻　　译：	王继成	印　次：	2015年5月第1次印刷
校　　译：	高海潮	书　号：	ISBN 978-7-5365-6890-7
出　　版：	四川少年儿童出版社	定　价：	19.80元

GLADTATOR

First published by the Penguin Group
First published in Great Britain in 2011
Text copyright©Simon Scarrow，2011
All rights reserved

封底凡无企鹅防伪标识者均属未经授权之非法版本
"GLADTATOR（角斗士）"系列图书首次由企鹅出版集团以英语在英国出版。

版权所有　翻印必究

若发现印装质量问题，请随时与市场营销部联系调换。
地　　址：成都市槐树街2号四川出版大厦六楼四川少年儿童出版社市场营销部
邮　　编：610031
咨询电话：028-86259237　　86259232

角斗士 GLADIATOR
为自由而战

马库斯想说,
他不会去按住弗雷斯。
相反,
他会和这个巨人并肩作战,
去抵制被打上烙印成为波希诺的
个人财产的剧痛和耻辱。

角斗士 GLADIATOR
目 录

01 角斗士学校 …………………………………1

02 紧急集合 ……………………………………14

03 烙印 …………………………………………27

04 弗莱克斯 ……………………………………41

05 布雷克萨斯 …………………………………50

06 偷盗事件 ……………………………………66

07 夹道棒刑 ……………………………………87

08 疤痕 …………………………………………99

09 对战 …………………………………………114

10 少年斗士 ……………………………………133

11 生存之战 ……………………………………147

12 饿狼 …………………………………………158

13 贴身护卫 ……………………………………168

14 身世之谜 ……………………………………179

01 角斗士学校

第二天，他们翻越群山，向着山脚下的坎帕尼亚平原进发。

大片大片的农场渐渐在他们眼前蔓延开来，山脚下的农庄和豪华别墅多如牛毛，马库斯惊得合不拢嘴。当年，父亲给马库斯讲述他在意大利的旅行经历时，曾提到过罗马人的富裕生活。这样看来，现在他们的富裕程度不减当年。

眼前的景象，让比索也变得欣喜激动、心跳加速。他举起手中的木棍，指着山下的平原说："那就是加普亚，我们所有人的家园，伙计们！"

马库斯朝比索比画的方向看去，试图找到他口中的加普亚。但是，他只看到平原上坐落着好几个小镇。远处，一座大山矗立在地平面上，伟岸的轮廓影影绰绰。

"那是什么？"马库斯指着远方问道。

"你说那座山吗？那是古老的维苏威火山。意大利境内一部分最好的葡萄酒就是用长在这座山上的葡萄酿造的。多么雄伟、壮丽的景色啊！小伙子，你会慢慢习惯的。在角斗士学校，你能把这座山的秀美风光欣赏得淋漓尽致。"比索的语气很轻松活泼，这是马库斯第一次看到他心情愉快的样子。

突然，比索转过身，向派利尼斯扬了扬眉毛。

雅典人回以微笑，说道："比索，你今天心情很愉快嘛。"

"那当然了。我马上就要到家了。我可是有四个月没见到我的妻子和孩子们了。"

"你有妻子？"

"是的。"比索对着派利尼斯皱起眉头，沉下了脸，"怎么了？"

"没什么。只是看到了你的另一面，之前从未见过的一面。仅此而已。"派利尼斯回答道。

听到这儿，比索又像往常一样板起脸呵斥道："快步跟上！不许偷懒！主人希望我们在天黑前到达学校。快走！"

听到命令，戴着脚镣的奴隶们加快了步伐。

波希诺领先他们大约二十步，正悠闲地啃着苹果。

过了一会儿，他们走下山，来到了平原上。先前坑坑洼洼的小路变成了开阔平坦的石板路。

这天的大部分时间里，天气都很好，温暖宜人。可是，临近傍晚时，天空突然云层密布，天气变得异常闷热。奴隶们在比索的催促下，大汗淋漓地向前赶路。夜幕降临后，远处的维苏威火山上空划过一道道闪电。一阵凉风吹过马库斯的发梢和脸颊，他觉得凉爽极了。

沿着通往学校的主干道走了五百多米后，波希诺带着一行人走上了一条两旁种着白杨树的羊肠小道。当他们走到路的尽头的时候，雨水开始滴滴答答地落下，雨丝飘飘洒洒地浸润着大地。

在一片昏暗的夜色中，马库斯看到了前方的角斗士学校。

这是一所由一座座房子、围栏和训练场地组成的学校，四周被三米多高的石灰墙围得密不透风。紧挨着围墙外侧的，是一个椭圆形竞技场，约有三十米宽，通过一条廊道与学校相连。竞技场后面是一些马厩和巨大的铁笼。马库斯看到距离自己最近的那只铁笼里装着一只凶恶的灰狼，它龇着尖牙一刻不停地在笼里来回走动着。不远处是一座带后花园的大别墅，马库斯猜测那儿就是波希诺的住处。围墙的四个角落各有一座坚固的高塔，护卫们站在塔顶监视着学校里的风吹草动。

波希诺带着一行人走下山谷，来到学校的正门口。厚重的木质大门外设置了坚固的栅栏。那门是拱形的，非常宽，足够一辆大型马车通过。

看见波希诺来了，门房里走出来六个护卫。他们个个都头戴钢盔、身披铠甲，腰上佩带着武器。他们看起来就像是波希诺的士兵。显然，波希诺的角斗士学校戒备森严。

马库斯心想，与其称之为培训学校，倒不如称之为监狱。

几个护卫合力抬起沉重的木栅栏，推进门房的凹槽中，打开了大门。然后他们一字排开，向迈入大门的主人鞠躬致敬。最后一个奴隶一走进大门，木栅栏就被拉出来推回了原处。随着一声刺耳的摩擦声，大门关上了。

走进学校，马库斯环视四周，发现主路两旁都是不高的楼房。

突然，一阵诱人的食物香气扑鼻而来。香气是从主路一侧传来的，透过敞开的房门，马库斯看见几个奴隶正围着几口热气腾腾的大锅忙碌着，他们切好蔬菜和肉，然后都倒入锅中……

路的另一侧是仓库区，仓库四周围着结实的铁栅栏。其中一间仓库里的架子和木桩上，挂满了各式各样的武器：剑、矛、三叉戟、匕首、斧头、狼牙棒等。墙上还挂着这些武器的木质模型。

看着眼前如此多的致命武器，马库斯不禁陷入沉思。他想象着这些武器可能给自己的血肉之躯带来的伤害，心中无比恐惧。

隔壁仓库的架子上整齐有序地摆放着各式盔甲：头盔、盾牌、护臂、护胫和胸甲等。

波希诺带着他们走出了楼房区，来到一个露天的训练场。训练场的地面铺着沙砾，但早已被踩得平整、结实了。

波希诺骑着马来到奴隶们面前。他们慢慢停下脚步，站成一排，接受波希诺的检阅。此时天空中下起了大雨。不一会儿，马库斯和其他人就都被浇得浑身湿透了。但他们一动不动，一声不响地站在那儿，等待着主人的命令。

波希诺笔直地坐在马鞍上。为了不让自己的声音淹没在雨水的拍打声中,他深吸了一口气,高声说道:"这里是你们的新家。"他挥了挥手臂,"同时,从现在起,这里也是你们唯一的家。你们的家乡,只能留在记忆里。努力忘记过去的生活,能让你们在这儿过得更容易些。对你们而言,过去的一切都已经逝去。你们此后唯一要做的就是学习如何格斗和生存。如果你们掌握了这些技巧,就能活很多年,甚至有一天,你们当中的某些人能重获自由。但是,我并不想让你们误以为自己就是这些幸运儿之一。你们不是!迈入学校大门的绝大多数人都会死在竞技场上,小部分人甚至在训练时就会死去。迎接你们的将是艰难、残酷的生活。你们会被逼得筋疲力尽。你们要学习如何忍受疼痛,如何用一流的勇士所具备的技巧去格斗。毫无疑问,这种训练将是一个持久而艰难的过程。如果你们有幸在训练期间生存下来并且掌握技巧,那么你们就能像真正的男人一样去格斗。如果你们连训练这一关都过不去,那就只能死在这片沙土上。或者,就算你们能幸运地死里逃生,也会变成可怜兮兮的残疾人,被卖给新的主人,然后过着活死人般的日子。"

波希诺停了一会儿,让奴隶们好好消化他刚才的那番话，然后继续用严厉的口吻说道："在这里生活要遵守严格的规章制度。如果你们违反了这些规章制度，后果自负。哪怕是犯了很小的错误，你们也会被狠狠地鞭打。如果你们胆敢冒犯任何一个训练师，或者试图逃跑，或者暗算我以及其他训练师，那么你们就会被其他学员殴打致死。只要顺从我并努力训练，你们就会时不时得到奖赏。尽你们所能去学习，并好好利用学到的知识，最终你们会得到回报，比如名望、荣耀和财富，这些是你们拥有人身自由时绝不可能获得的。晚上好好想想我的话，明天一早你们的训练就开始了！"

听了波希诺的话，马库斯颤抖起来。他想，暂时只能这样了，想要逃离这里几乎是不可能的。

波希诺讲完转向比索，点头示意道："打开铁链。带他们去房间。给每个人分发食物和新的外衣。"

"是的，主人。"比索一边向波希诺鞠躬点头，一边回答道。

波希诺打了一下他的马，向门房骑去。

比索走到一字排开的奴隶面前，从背袋中掏出一把铁锤。

雨水劈头盖脸地浇下来，马库斯不得不睁大眼睛看着站在队尾的比索。

天空中最后一抹霞光早已退去，只剩下朦朦胧胧的月光，透过随风飘移的云层，稀稀疏疏地洒落下来。监视塔上和其他房子周围，奴隶们正忙着点燃火把和火盆，为夜间的学校提供照明。

马库斯全身都湿透了，在风中瑟瑟发抖。他站在雨中听着比索挨个儿敲开奴隶的项圈时发出的尖锐响声。每一个被解开项圈的奴隶都用手揉搓着脖子和肩膀，沉重的铁项圈早已把这两个地方压得酸痛不已。最后，比索打开派利尼斯的项圈，来到马库斯面前。

"把你的头转向一边。"比索命令道。

马库斯照做了。

比索一把抓住他的项圈，在昏暗中摸索着铁栓头，这让马库斯有些害怕。

比索举起锤子，对准目标敲了下去。第一下敲击声近在耳边，马库斯觉得这一下仿佛是在自己脑袋里敲响的。他的头和肩膀不由自主地向一侧猛地一躲。

"站稳了！"比索皱起眉头，猛地拉住项圈，把马库斯拽了回来。

"嗷——"

"闭嘴,臭小子。"

马库斯紧张得说不出话来。

比索再次摸索着找到铁栓头准备敲击。这一次马库斯期待着耳边响起震耳欲聋的击打声。他仍然有点儿害怕,但是身体和头部都纹丝不动。终于,比索成功地把铁栓敲了出来。

"好了。"比索一手拿着铁锤,一手拿着项圈,往后退了几步。

马库斯已经习惯了铁项圈的重量,现在终于去掉了,这如释重负的感觉令他非常欣喜。他伸出手轻轻地揉搓着被铁项圈压过的皮肤。

"谢谢。"马库斯轻声说道。

比索似乎没有听到,他一边捡起所有铁项圈和铁链,一边对站在雨中的马库斯和其他人说:"好了,都跟我来!"他转身横穿训练场地,向两幢又宽又矮的楼房走去。

近一点儿的那幢是两幢中较大的,楼前搭着带柱子的遮阳棚。一排房门间隔有序地敞开着。几个健壮的男人围拢在桌边喝着葡萄酒。

当马库斯等人经过他们身旁时，其中一人举起酒杯向比索问道："新来的？"

比索没有回答，只是皱着眉头径直向里面走去。

那个男人继续说道："他们终将因被我们击败而死！"

听到这儿，和他同桌饮酒的那些人哈哈大笑起来。

马库斯经过他们身边时，仔细地打量了一下这些人。他们身体健壮、肌肉发达。一些人脸上带着青灰色的伤疤，其中一个人的手臂上还绑着厚厚的绷带。马库斯意识到他们一定是角斗士，是罗马的格斗精英。一想到这儿，他的心就怦怦直跳。

"马库斯！"比索呵斥道，"臭小子，不要磨磨蹭蹭，否则我会罚你在外面淋一整晚的雨。"

马库斯急忙跟上队伍。他们走过几间点着煤油灯的屋子，马库斯瞥见屋内设施简陋，却不失舒适。

"看来我们的生活还不至于那么艰苦，"弗雷斯轻声对派利尼斯说道，"我原以为角斗士的生活会非常艰苦。"

"我也是。"他的雅典伙伴心存疑虑地回答道。

比索无意中听到了这段简短的对话，他略带不悦地笑着说:"那些房间是给完成训练的角斗士们准备的。他们已经赢得了特权。你们的房间在最里面,和其他受训者一起。这边走,快点儿!"

比索带着马库斯一行,走过这些房间来到第二幢楼。

与第一幢楼相比,这幢楼要简陋许多。楼前没有带柱子的遮阳棚,从外面看整幢楼都没有独立的小门,只有几扇窗户而已。楼的尽头有一扇大门,由两个全副武装的护卫把守着,他们表情威严,就像学校大门的护卫一样。门边竖着一排排木桩,木桩上挂着铁链和脚镣。比索卸下手中沉甸甸的铁链和项圈,对其中一名护卫点点头,说:"开门。再拿点儿食物来。"

护卫点点头,朝小窗子里扫了一眼,然后把钥匙插入锁孔转动起来。他推开一条刚好能容一人进出的门缝,站在一旁看着他们依次走进大楼,然后关上了门。大楼里面有一道狭长的走廊,走廊两侧是一个个小隔间。走廊两端各有一个高悬的火把。光线虽然昏暗,马库斯却能清楚地看到小隔间里没有床铺等寝具,只有稻草。位于小隔间之间的过道上放着一大桶水,还有一个有六个蹲坑的厕所,蹲坑下的排水沟一直延伸到远处的墙外。几个模糊的身影站在小隔间的栅栏边审视着这几个新来的人。

比索指着门边空着的两个小隔间说道:"三个色雷斯人去第一个隔间。斯巴达人、两个雅典人和小男孩去第二个。"接着,他指着大水桶和厕所说,"你们的生活必需品都在这儿,一天吃两顿饭。这儿就是你们的家,直到你们通过基本的体能和武器训练。在明天训练开始之前,你们最好多睡会儿觉。"

说完,他转身去敲门。护卫打开门,把两个粗布袋递给比索。

"你们的晚饭!"比索笑着把其中一袋扔给色雷斯人,另一袋扔给弗雷斯。弗雷斯没接住,派利尼斯弯腰捡起了袋子。

"晚安,伙计们。"说完,比索走了出去。他身后的门随之关上,并且上了锁。

马库斯跟着他的同伴们朝比索示意的那个隔间走去,他看见住在其他隔间里的人用警惕的眼神看着他们。这些人既没有欢迎这批新人的意思,也没有任何视他们为同伴的迹象,只有压抑而持久的沉默和空洞的表情。

雨水拍打着屋顶的瓦片,透过每一处缝隙渗透下来,滴答滴答地落在奴隶们的身上，节奏稳定而悲伤。

走进属于他们的隔间里，马库斯和其他几个人瘫倒在稻草上。派利尼斯打开布袋，伸手进去，找到几块馊了的面包，这些面包又硬又让人倒胃口。他把面包分给大家。马库斯拿着面包缩到了角落里，慢慢地咀嚼着。他的牙齿和整个身体都因湿冷而不受控制地颤抖着。

马库斯发誓，他一定要离开这儿。他一定要找到方法逃离这里，离开这个可怕的地方，继续前往罗马寻找庞培将军，否则就来不及救母亲了。

02 紧急集合

一阵刺耳的响声惊扰了马库斯的睡梦。他猛地爬起来，活动了一下脖子，伸展了一下僵硬的身体，然后清醒了过来。他眨着眼睛看了看周围，他的同伴们也都被吵醒了。

"在地狱里怎么还这样喧闹呢？"弗莱斯抓着脸嘟囔着坐起来。

马库斯探头向外望了望，看到其他隔间里的人都急急忙忙地从他们的床铺上翻下来，冲向大门。

当啷一声，锁着的门被外面的守卫打开了，合页咯吱一声响，门开了。一个拿着金属钟的守卫走进来，并不断地用刀背敲打着钟。

"起来！都赶紧起来！"他大声喊着，"最后一个跑出去的人会被狠狠地揍一顿!"

"快点儿!"派利尼斯跳起来,拉着马库斯向外跑,"快点儿,弗莱斯!"

他们匆忙地跑出去,随着混乱的人流涌向门口。这里的奴隶,大多数都是成年男人,其中也有一些男孩,像马库斯一样大或者是稍大一些。马库斯看到一起被运来的那个色雷斯人就在自己前面,被拥挤的人流夹在中间,向前推着走。不一会儿,马库斯他们就被周围的一群高个子挤在中间,看不清前路。马库斯突然感到一阵害怕。如果他现在不幸摔倒了,该怎么办?他非常清楚被人群踩在脚下的后果。他抓紧弗莱斯的外衣,拼命挤在他高大的身体后面。

"怎么回事?"弗莱斯皱着眉向身后看去。看到是马库斯,他伸过胳膊保护住这个男孩。"离我近点儿,当心脚下!"他身体前倾,咆哮着说道,"我会保护你的,小家伙。"

他们慢慢地一起向门边移动。由于拥挤,大家都靠得很近,马库斯闻到了周围人身上的汗臭味和泥土味。马库斯清楚地觉察到了周围人脸上的恐惧,大家都拼命向外挤,努力争取不做最后一个离开的人。

前方，黎明时分天空苍白的轮廓若隐若现。挤过门口后，马库斯回头瞥了一眼，只有少数人落在他们后面，斯巴达人普特洛克勒斯正站在住所外，盯着最后一个从门里挣扎着爬出来的人。当他慢慢地走向门口的时候，脸上露出了一丝轻蔑。

"别呆呆地站在那里，少年！"弗莱斯推了他一下，马库斯回过神来，转头看到其他奴隶已经在门前站成一排了。

一个高个子、肌肉发达的男人，一脸严肃地斜着身，一直盯着慌忙列队的奴隶们。他在红色束腰外衣的外面穿了一件短皮衣，戴着皮护手，穿着沉重的军靴。马库斯的父亲提图斯就钟爱这种打扮。男人手里握着一根手杖，目不转睛地盯着这些奴隶。不一会儿，他迈步了，一边走还一边用手杖敲着自己的脚踝。

比索拿着一个大的蜡板小跑过来，站到那个男人身旁。马库斯跟着弗莱斯跑过来，站在派利尼斯旁边，然后警惕地站在那里等待着。一个奴隶慌乱地跑出来，站到了队伍的最后。片刻之后，斯巴达人普特洛克勒斯从门里沉稳地走出来，慢步走向队伍。

那个一直在观察他们的男人大步走过来，似乎很愤怒。

他一直走到斯巴达人面前才停下来,然后把他的脸向前伸着,他俩近得几乎脸贴脸了。

"你认为怎么样才算是快速?"那个男人用拉丁语喊道,"早上的钟一响,用你最快的速度跑出来,听明白了吗?"

斯巴达人只是盯着这个人看,脸上没有丝毫害怕,甚至有些蔑视。

那个男人大声喊道:"比索!过来,快点儿!"

比索急忙跑过来:"是的,托勒斯长官。"

"这个讨厌的人是谁?"他用手指戳着斯巴达人问道,"他是波希诺新买的奴隶吗?"

"是的,先生。他是新买的,是最后一批奴隶中的一个。这个人是主人从斯巴达拍得的,名字叫普特洛克勒斯。"

"斯巴达?嗯,"托勒斯转向普特洛克勒斯,然后将一只手背在身后,另一只手紧紧地抓住那根手杖,"他一定是个硬汉。他说拉丁语吗?"

比索摇摇头:"我知道的就这么多,先生。自从被主人买回来,他就和我说过一句话,而且是用希腊语。"

"我知道了。"托勒斯说完嘲笑地看着普特洛克勒斯，"来自斯巴达，你就以为自己是列奥尼达国王再生，能像他一样，所以，你就这样从隔间里出来，是吗？"

普特洛克勒斯一直盯着前方，沉默不语。托勒斯突然用手杖击打他的腹部。普特洛克勒斯嘟囔了一声，快步走向队伍。

"你怎么敢不回答我！"托勒斯喊道，"你怎么敢满不在乎地走到我的训练场地上来。我绝对不允许这样！"他甩开鞭子，狠狠地抽打着斯巴达人。

鞭打斯巴达人发出的噼啪声，就从离马库斯几步远的地方发出，马库斯害怕得向后缩着身子，他冒险地向旁边瞥了一眼，普特洛克勒斯正跪在地上，疼得牙齿咯咯作响，突然他慢慢地站起身，再一次面对他的攻击者。

"这些还不够吗？"托勒斯反手狠狠地打了他一巴掌，随后又正手给了他一巴掌。

普特洛克勒斯眨了眨眼，张开嘴吐出一口血，但他的脸上仍然毫无表情。

"呸！"托勒斯咆哮着，"你是存心让我不快，我的朋友！我明白了。那么，现在……"他往后退了一步，然后看了一眼队伍。

马库斯还没来得及转移视线，他的目光正好对上了托勒斯怒视的目光。瞬间，托勒斯冲向马库斯，将他的手杖插向马库斯的胸膛，力气大得使马库斯不由自主地向后退了一步。

"这个人呢？"托勒斯转回头看着比索问，"波希诺计划打一场侏儒族的战争吗？"

比索和其他的守卫笑了起来，然后托勒斯又把他的注意力转向马库斯："你叫什么？"

"马库斯·科尼利斯·普里默斯，先生，"马库斯回答道，他迅速地想了一下，又补充道，"是古罗马第十六军团的一个百夫长——提图斯·科尼利斯的儿子。"

托勒斯皱了皱眉："你的爸爸也是个士兵？"

"是一名百夫长，先生。"

"然后你现在是一个奴隶，嗯？"托勒斯啧啧地说道，"上帝在玩弄你们。运气不太好啊，小孩。从现在开始你就叫马库斯。在没给你取一个角斗士名前，你就暂且用这个名字。希望你能活到获得一个角斗士的名字的时候。"

马库斯不愿意可能会改变自己处境的机会就这么溜走

了:"等等!"

托勒斯冷淡地说:"什么?你说什么了?"

"我不应该在这里,"马库斯快速说道,"我被卖到这里来当奴隶是非法的。"

啪!还没反应过来发生了什么,马库斯的脸上就挨了托勒斯一个巴掌。当那个男人冲着他的脸大喊大叫的时候,马库斯蹒跚着向后退,感到一阵头晕目眩。

"永远也别想改变,你这个奴隶!你听到我说的了吗?我从来不管一个猴子的爸爸是谁,或者你的故事是怎么样的。听明白了吗?你是一个奴隶,是世界上的糟粕,我讨厌看到你。你现在唯一的希望就是有一天我把你训练成一名角斗士。除了这个你什么都不是。而且,当我想要和你说话的时候,你必须叫我主人。明白吗?"

"是的,主人。"马库斯不假思索地脱口而出。他的脑袋里一直嗡嗡作响,他觉得很晕很虚弱。他的脚摇晃了一下,却只能尽量忍住恶心,努力站稳脚跟。

"这样就对了。"托勒斯转过身大步走到训练场地的中间,然后开始给奴隶们训话:

"现在,都到齐了,训练可以开始了!首先,我要说明一些事。我是奥勒斯·土里尔斯·托勒斯,是你们的训练总教练。在训练奴隶之前我是训练士兵的,那时我一直忙于为罗马杀一些野蛮人。我会把你们训练成杀手。在这之前,你们必须变得非常健康并且无所畏惧,我会一直训练你们直到你们倒下。任何人有怨言或者是落在其他人后面,我都会打他,就像那边那个愚蠢的斯巴达朋友一样。无论何时我们都要尊重波希诺,他是这个角斗士学校的主人。你们不用和他打招呼,除非他先和你们说话。你们要叫他主人。另外,这是我的助手比索。他是一个奴隶,但是和你们不同的是,他在竞技场上证明了自己。他负责发给你们装备、给养和奖励,所以你们要好好地对待他。"托勒斯说完,指着站在一侧的四个男人,继续说道,"这些人是训练你们的教员。你们叫我主人,比索和训练教员叫我先生,因此你们也得叫他们先生。如果你们忘了这些基本的规则,就会挨打。这里有两个必须遵守的铁的规则:准确地按照我们的要求做,并且立刻去做。任何人违抗命令或者有丝毫犹豫,我们都会毫不手软地惩罚他们。"

他停顿了片刻,以便所有人都有时间消化他所说的话。

"在接下来的四个月里,你们将被训练成强壮有力的人。之后，你们将开始简单的武器训练。我会一直在一旁观察你们，在之后的四个月里，我将有选择地对你们进行特长训练。你们中的一些人会作为重步兵而战斗，一些人则将轻装上阵，其余的人将会被训练与动物打斗……你们中的小朋友将会被送到厨房或者送去打扫卫生，直到我认为你们年纪大得可以使用武器。你们第一次真正的战斗后，将会被移出新兵营，换到一个更加舒服的住处。然后，继续工作。"他草草地结束，然后打了个响指把比索叫到身旁，"是时候分组训练了。"

"是的，先生。"

当比索把他的蜡板打开，取出他的铜针时，那四个训练教员小跑过来，在奴隶们的前面站成一排。

马库斯茫然地看着他们，头脑里满是离开农场之后的悲惨经历。如果回到过去，他应该被父母疼爱，并且被照顾得很好，很幸福地生活着。现在他不得不受制于角斗士学校残酷的纪律，他不知道自己需要多长时间才能习惯这种残酷的新生活。

托勒斯和比索走到队伍的尽头，然后转身往回走。托勒斯停在每一个队员的面前，简单地观察他们片刻后，便告诉比索他们应该加入哪个队伍。当他走到那几个色雷斯人面前时,马库斯看到他抓了抓他们的肩膀和胳膊,然后检查他们的手和腿……

"轻武器组。"他又决定了一个奴隶的归属,然后走向弗莱斯。

"感谢上帝,这个人长得像熊一样健壮。说不定他可以用这双大爪子杀死你们中的任何一个人呢?"

"我不能,主人。"弗莱斯低声说。

"太遗憾了。但是不久的将来你就可以了。重武器组,毋庸置疑。"

托勒斯迅速瞥了一眼比索给他看的蜡板,开始打量派利尼斯。这个雅典人静静地站在那里。托勒斯走到他面前,抓起他的下巴仔细地观察。

"肌肉条件不错。你应该被训练成一个拳击手。你的双脚应该没有太大的力气,我可以想象得到。也许可以训练成为一个古罗马斗士或者是持网和三叉戟的角斗士,嗯,现在先把他放到混合组吧。"

比索点点头,然后迅速地记了下来。

托勒斯走向马库斯。

马库斯一直直视前方，不敢表现出一点儿轻蔑，以免被训练教员狠狠地打一顿。

"啊，又看到百夫长的儿子了。"托勒斯身体向前倾，用一只手狠狠地抓住马库斯的肩膀，然后继续用戏弄的腔调说道，"该拿他怎么办呢？或许应该把他分到重武器组去，或者让他被厨房繁重的工作压倒，或是当一个持网和三叉戟的角斗士？不，他只能用网把自己的脚缠起来。哦，那么，把他放到少年组吧。这是现在唯一适合他的地方。"

"是的，先生。"

马库斯因为难堪而感到脸在发烧，他非常想从嘴里挤出自己的意见。但是他强忍着自己的愤怒，紧紧地闭着嘴没有说话。

托勒斯走到队伍的最后，他回头迅速地看了一眼斯巴达人普特洛克勒斯，然后给出他的裁定："混合组。如果他可以活得足够长，我觉得他与动物打斗最适合不过了。"

"我要和你打一场，主人，"普特洛克勒斯冷冷地回答道，"现在，如果你足够勇敢的话。"

"和我打？"托勒斯消遣地看着他，"我不这么认为。如果你敢向我举起你的手，那么我将会把你钉在十字架上—

个小时。你最好牢记住这一点。"托勒斯停了一下,然后提高他的嗓音以便所有的奴隶都能听到他说的话。

"这对你们所有人来说都适用。如果你们中任何一个人打我或者打任何一个我的教员,你们唯一的命运就是漫长而痛苦的死亡。对于角斗士而言,机会永远都只有一次。牢记这一点,你才能活;如果做不到,你将必死无疑。"

许久,他脸色阴沉地点点头,说道:

"解散!"

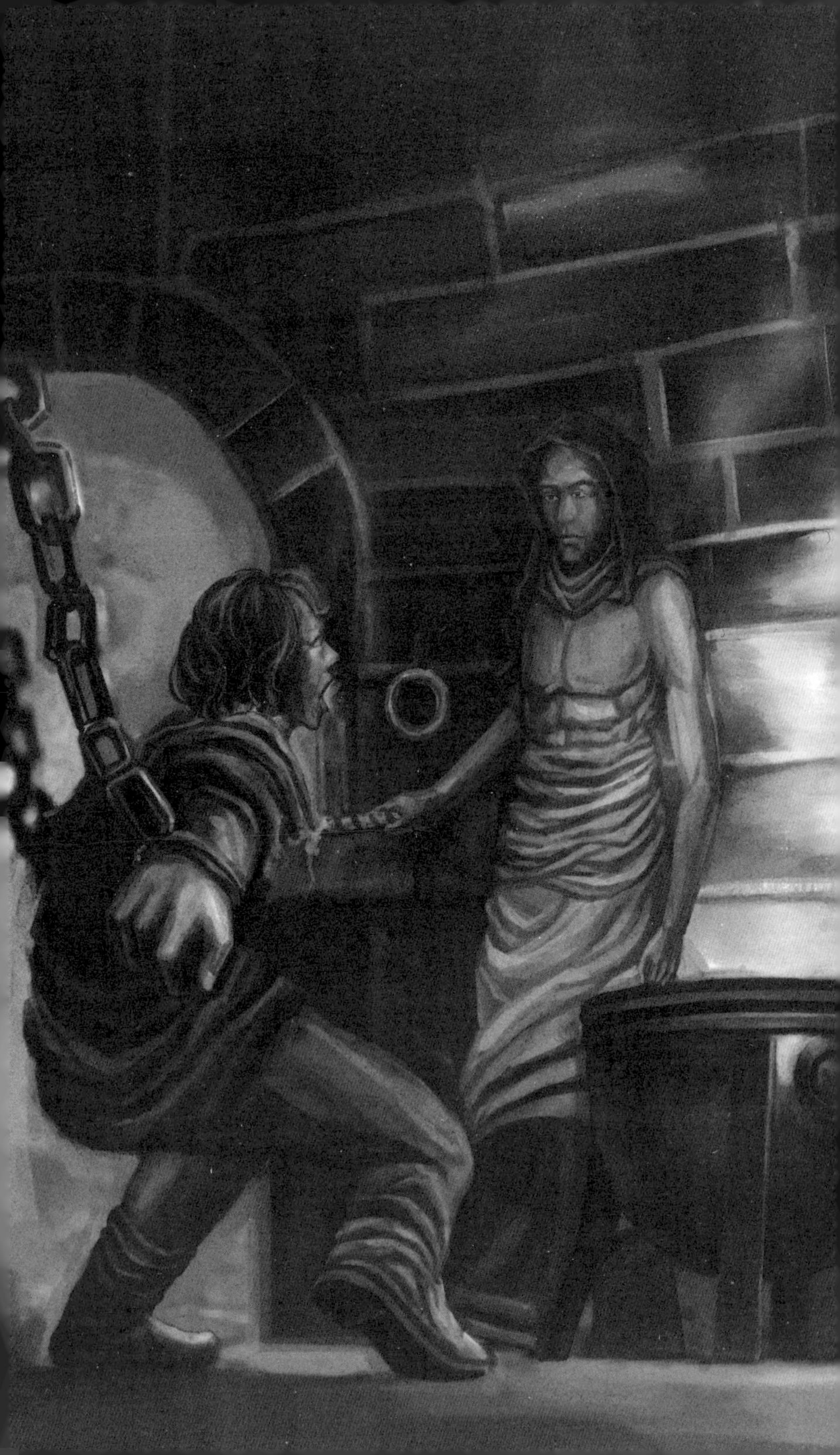

03 烙印

除了马库斯,少年班里还有二十四名男孩,一个名叫阿玛特斯的干瘦老头负责管教他们。

阿玛特斯身材健壮,当过十五年的持网和三角戟的角斗士。在经历过的格斗比赛中,他赢多输少,可他并没有成功地让自己脱颖而出,获得跟其他同龄人一样的嘉奖。所以,他注定要在波希诺的角斗士学校里教新生,以奴隶的身份度过余生。

马库斯是班上最年幼的学员之一。或许他在年龄上不占优势,但是由于自幼在农场长大,并且在父亲鼓励下定期运动,他显得比同龄人更加强壮。其他男孩来自全国各地,长相不同,肤色各异。马库斯只能听懂其中一部分人说的拉丁语或希腊语。他们都是上个月来到学校的,早就确立了长幼尊卑的次序。

自封班长头衔的是一名高大的凯尔特男孩,叫弗莱克斯,来自阿尔卑斯山附近的一个部落。他比马库斯大三四岁,身材也比马库斯高大强壮许多。他的一口拉丁语带着浓浓的口音。每天早晨,他带领男孩们列队集合时,都昂首挺胸、阔步向前。

马库斯一到学校,弗莱克斯就看马库斯不顺眼。有一次,马库斯上完厕所正准备回小隔间时,弗莱克斯和他的四个小跟班挡住了马库斯的去路。

"你是罗马百夫长的儿子,是吗?"弗莱克斯嘲笑着说,"怎么我觉得你更像是阴沟里的那些老鼠的儿子。"

他的小跟班们哈哈大笑起来。马库斯瞪着他,双手握成拳头。他并不想和这个身材比他高大的男孩打架,但他也不想受人欺辱。

"记住,我的名字叫弗莱克斯。"凯尔特男孩用大拇指指着自己的胸口,"这是我的弟兄们。这两个和我一样都是凯尔特人。"他指着身后的两个高个子金发男孩说道。接着,他又指了指另外两个皮肤黝黑、身材瘦削的男孩说道,

"这两个是从罗马斯巴鲁的贫民窟里带回来的，都是很难搞的人。"他往前迈了一步，昂起头，和马库斯面对面，"告诉你我的规矩，阴沟老鼠。我和我的弟兄们最先享用上面分下来的给养。此外，在每天训练结束后，你和其他人都要负责为我们服务，比如打水或者清洗工具。"

"你们自己的水自己打。"马库斯回答道。

"哟！"弗莱克斯咯咯地笑着，"弟兄们，这儿有个硬汉呢！我善意地提醒你，上一个违抗我命令的家伙可是被结结实实地揍了一顿。他自食其果的事情一传开，其他人都乖乖听话了。所以，只要听从命令，你就不会有什么麻烦。否则的话……"弗莱克斯后退了一步，向马库斯扬了扬拳头，"这拳头就会打断你的鼻梁。明白了吗？"

马库斯站在那儿，一动不动、一言不发地盯着对方。弗莱克斯点点头，对他的跟班们说："好了，招呼打完了，我们走吧。"

他们转身离开后，马库斯咬紧了嘴唇。弗莱克斯是个恶霸，他提醒自己一定要多加留神，尽量躲着对方。尽管如此，反抗的种子仍然在马库斯心中蠢蠢欲动，他很想要与这个恶霸较量一番。但是时机未到。要等自己学会了格斗以及知道如何对付对手时才可以。到那时候，他就能掂量掂量那个凯尔特人究竟有几斤几两了。

学校里的奴隶们各自有各自的任务。成人奴隶从早到晚接受训练，而少年班的奴隶则需要负责做饭，并在训练开始之前和结束之后进行打扫。

马库斯被派到厨房工作。这项工作艰苦而卑微，但是马库斯毫无怨言，他满脑子都在想如何逃出学校，去罗马。他还想到了母亲。一想到她被困在德西梅斯的地盘上做着苦工，马库斯的心情就变得异常沉重。他知道，母亲也一样在担心他的安危。

或许现在母亲已经几乎认不出他来了，马库斯悲伤地想。和所有新来的成员一样，马库斯领到了两件灰色的束身外衣和两双靴子，每一只靴子的鞋跟都烙着编号。他们的旧衣服全都被收走了，质量还不错的被卖给当地一个商人，其余的都被烧掉了。马库斯的头发被剃得乱七八糟。所有的奴隶都看上去一脸凶悍，很难辨别，就像戴着脚镣前往煤矿工作的罪犯一样。马库斯很讨厌自己的头发被剃成那样。为他剃头的奴隶操作剪子时漫不经心，很随意地在他头上刮了几下。但是和接下来的遭遇相比，这些根本算不上什么。

男孩们带着被刮出血的头皮从笼中的理发座位上走下来，眼神迷茫。随后，阿玛特斯把他们带到位于学校角落的炼铁厂。十二个护卫已经守候在那里了。他们身后，一个满头大汗的奴隶，手持烙铁，站在一台小型熔炉前工作着。

"第一个男孩，过来。"阿玛特斯指着一个努比亚男孩命令道。那个男孩吓得往后缩了缩身子，但是他还没来得及向后走回队伍中，两个护卫就架住了他的胳膊，把他夹在中间，拖了过去。男孩奋力挣扎着，但是他的反抗无济于事。

阿玛特斯拿出一块湿布条缠在烙铁手柄上，然后把烙铁从熔炉中抽了出来。只见手柄的末端，有一个大大的字母"P"，整块烙铁发出炽热的橘色光芒，周围的热气隐隐晃动。阿玛特斯走近那个努比亚男孩，男孩仍然在两个护卫的挟持中拼命挣扎着。

"按住他，别让他动弹。"听到阿玛特斯的命令，两个护卫牢牢按住男孩，让他动弹不得。

阿玛特斯解开男孩的束身外衣，把烙铁按在男孩的胸口，就在心脏上方的位置。

立刻，男孩撕心裂肺地哭叫起来，那哭喊声混杂着烙铁烫在肉体上发出的呲呲声，空气中顿时弥漫着的肉体烧焦的烤肉味。过了一会儿，这一切终于结束了。阿玛特斯退了回去。男孩瘫倒在地上。护卫把他拖出炼铁厂，扔在地上。

"下一个！"阿玛特斯大声喊道。

男孩们一个接一个地被带到前面，在胸口烙上波希诺角斗士学校的标识。

等待时，大家紧张地你看看我，我看看你。有几个为了推迟被折磨的时间，悄悄从人群的前面溜到了后面。但是他们并不能走太远，因为护卫们很快就把他们赶了回来。

伴随着从熔炉那边传来的惊恐而痛苦的尖叫声，马库斯对于打烙印越来越惧怕。但是他一直一声不吭，也没有试图逃到队尾。他环顾四周，正好和弗莱克斯四目相对。

弗莱克斯回瞪着马库斯。马库斯看得出来他也很害怕。他们四目相交的时候，弗莱克斯浑身颤抖着，但是他却怒目圆睁地看着马库斯。突然，他深吸了一口气，推开众人，走到人群的前方，昂首挺胸地站着。他双手交叉抱在胸前，等着被点名。

当一个男孩从熔炉边被带出来时，阿玛特斯把烙铁手柄推进熔炉重新加热。然后，他转向剩下的人群喊道："下一个！"

弗莱克斯向前一步，就在那时，马库斯脱口而出："我！我来！"

阿玛特斯点点头。护卫们走上前架住了马库斯。马库斯向熔炉走去，心怦怦直跳。他不知道自己为什么要这么做。想来想去，原因只有一个，那就是向弗莱克斯和其他学员证明什么，或者说，更多的是向阿玛特斯和护卫们证明什么。他一边走向熔炉，一边解开束身外衣的扣子，露出胸口。

阿玛特斯对护卫点点头："按住他。"

马库斯任由护卫抓住自己的胳膊，一动不动地站着，他绷紧肌肉、咬紧牙关，连下巴都咬疼了。阿玛特斯看了，一脸惊讶，等了一会儿才从熔炉里拿出烙铁。

"看起来，你们当中终于出现个胆子大、有魄力的了。"他对马库斯微笑着说，"撑住了，小子。这会比你经历过的任何疼痛都要钻心。"说着，他举起了烙铁手柄。

马库斯睁大眼睛看着烧得通红的烙铁。阿玛特斯左手按住马库斯的胸，右手举起烙铁手柄。在最后时刻，马库斯紧紧闭上双眼。有那么一瞬间，他感觉到一阵热气。接着，他的世界在一阵剧痛中爆炸开来。那感觉就像胸口被一只强壮的公羊顶破，灼热、刺骨的剧痛穿透了全身。马库斯觉得自己的肉在剧烈地燃烧着,他闻到了一股苦臭味。这让他感到头晕目眩,直犯恶心。

烙铁烫焦肉发出的咝咝声持续了一会儿。最后,阿玛特斯收回了烙铁。马库斯感到胸口不再有东西压着,但是疼痛的感觉不减反增。泪水顺着马库斯的眼角流下来,一声低沉的呻吟从他紧咬的牙齿中挤出……

"放开他吧。"他听见阿玛特斯说道,"这小子有胆量,我会为他向上面说好话的。"

护卫架着马库斯走到炼铁厂外面,将他放在地上,让他轻轻地靠在石灰墙上。

马库斯睁开眼睛,看着周围的其他学员。他僵硬地坐在地上,咬紧牙关,心跳依然剧烈,满脑子都是钻心的疼痛,耳边回响着在他之前被打上烙印的男孩们的啜泣声。

马库斯把目光转向一侧,看到弗莱克斯正盯着他。这个凯尔特人十分愤怒,噘起嘴以示憎恶。但很快,护卫抓起他向熔炉拖去。他却一直挣扎着……

马库斯没有继续看下去。但是当阿玛特斯给弗莱克斯打烙印时,他听见了弗莱克斯夹杂着愤怒和疼痛的吼声。突然,马库斯再也忍不住身上的疼痛,迅速靠向一侧,吐了起来。和上次在船上一样,他一直吐到胃中空空如也。然后,他靠着墙昏了过去。

醒来的时候,马库斯发现自己躺在小隔间的稻草上。一醒来,他便感到胸口那儿有一阵尖锐的刺痛。他痛苦地呻吟了几声,然后用手肘支撑着想站起来。

"放松点儿。"一个令人宽慰的声音说道。

派利尼斯站在马库斯身前,手里拿着一根湿布条,他伸手递过来,说道:"试试这个。它能帮你缓解疼痛……有那么一点儿作用。"

马库斯接过布条朝自己的胸口看去。打上烙印的地方被烧得通红,上面有星星点点的水泡,已经破裂出水。他用布条轻轻地擦着烙印,又一阵疼痛传来。"啊……"他不禁失声叫了出来。

似乎湿布条反而加剧了疼痛。马库斯只好强忍住一阵阵恶心想吐的感觉,把布条递还给派利尼斯,然后点头致谢。

"像在地狱一般痛苦,是吗?"派利尼斯猛吸了口气问道。

"你也被打了烙印吗?"马库斯指着派利尼斯的胸口问道。

"所有人。哪怕是那些顽强反抗的人也没能幸免。"说着,他指了指弗雷斯。

弗雷斯正气呼呼地坐在隔间的另一边。马库斯看到他的脸上有瘀伤,一只眼睛肿得非常厉害。

"我们六个人一起动手才把他按住。"派利尼斯微微笑着说,"这家伙根本不知道自己的力气有多么大。"

马库斯皱起了眉头问道:"你们按住了他?你们帮他们一起给弗雷斯打烙印?"

"我们必须那么做。如果把他交给护卫和训练教员的话,这小子会把他们狠狠揍一顿的。你也听说过,如果我们违抗波希诺的教员,会有怎样的下场。我宁愿弗雷斯把我击倒,也不想看到他把波希诺的人击倒,然后被他们钉在十字架上受刑。"

"是这样的。"马库斯点点头,"虽然这看起来并不是什么正确的做法。"

"我们当时只有两个选择,要么这么做,要么眼睁睁地看着他死。"派利尼斯简洁有力地回答道,"如果是你,你会怎么做?"

马库斯想说,他不会去按住弗雷斯。相反,他会和这个巨人并肩作战，去抵制被打上烙印成为波希诺的个人财产的剧痛和耻辱。但是，无论他有多么强烈的反抗欲望，他也知道派利尼斯的做法是正确的。除此之外，他无能为力。他们每一个人都无能为力。想到这儿，马库斯绝望地低下了头。

派利尼斯同情地看着马库斯，说道："马库斯，现在你是一个奴隶。你最好尽快适应这个身份。如果你整天坐着幻想反抗和逃跑，你只会把生活弄得更加痛苦。你会因此而变得疯狂。"他顿了顿，继续说道，"我以前就有过这样的经历。我拒绝被人奴役，违抗我的主人，甚至试图逃跑。几天之后他们抓住了我，打得我皮开肉绽、奄奄一息。这就是违抗主人的后果——更多的疼痛和折磨。吸取我的教训吧。你能做的事情就是放下过去，着眼未来。让自己活下去，总有一天你会赢得自由。这就是目前对你而言最重要的事情了。"派利尼斯说完这些，就转身去找水了。

马库斯缓缓点头，似乎在接受这些建议。但是在内心深处，他知道自己不能按照派利尼斯所说的去做。因为那与他生命的每一寸都格格不入，也背叛了他对父亲的缅怀和对母亲的孝心。

马库斯暗暗发誓，他永远不会忘记过去。正是因为记住了自己失去的一切和要为之复仇的一切,他才满怀毅力和决心地忍受目前可怕的处境。

"哟,百夫长的儿子开始不安分起来了。"

马库斯抬起头,看见弗莱克斯站在隔间的入口处,身后是他的弟兄们。他们光着膀子,赤裸着胸口,露出起了水泡的学校标识。

凯尔特人冷笑着对马库斯说:"我最后见你,是你晕倒在炼铁厂外面。"

马库斯紧张地咽了咽口水,站起来反驳道:"至少我不需要被他们拖着进去。"

"什么?"弗莱克斯皱起眉头,"你说我是胆小鬼?我像大男人一样打了烙印。"他鼓起胸口,双手叉腰,"我像战士一样忍住了烙铁的疼痛。"

"是的。"马库斯微微笑了笑。即使弗莱克斯比自己高大许多,而且自己此刻因为紧张而心跳加速,但是一想起在打烙印之前这个凯尔特人脸上的惊恐表情,马库斯便有了直面对方的勇气。他说道:"我听见了你号啕大哭的声音。我估计所有人都听见了。当然,那确实很痛。"

"至少我没有像女孩一样晕过去。"凯尔特人不依不饶地讥讽他。

"是的,你没有像女孩一样晕过去。"马库斯承认道,"但是你的哭喊声可真像个女孩。"

听到这儿,弗莱克斯气得鼻孔冒烟。

"你会为此付出代价的,你这个罗马小崽子。"弗莱克斯说着双手握成拳头,走进了小隔间。

马库斯毫不胆怯。他目露凶光,站直了身子,举起双手,准备牢牢擒住敌人让他们动弹不得。

弗莱克斯停下脚步看着马库斯,然后转身笑着对他身后的男孩们说道:"天呐,看看他这架势。他一定把自己当成战神了。"他的跟班们也和他一起笑了起来。接着,弗莱克斯转过身面对马库斯,刚才的幽默表情消失得一干二净,只剩下想要狠狠痛扁和羞辱马库斯的残忍决心。看着这样一张冷酷、扭曲的脸,马库斯顿时胆怯起来,但是他仍然站在原地,他已经做好了在求饶之前被打一顿的准备。

"我会好好享受这一切的。"弗莱克斯咆哮道,"我要把你撕成碎片!"

"哦,不,你不会的。"身后响起一个低沉的声音。马库斯惊讶地转过身,看到弗雷斯站在自己身后。这个巨人朝男孩们走来，瞪着弗莱克斯说道："如果你胆敢伤害他，我绝不轻饶你。我会狠狠地揍你和你的伙计们一顿。"说着，弗雷斯举起一只大手，握成拳头，用力击打在另一只手的掌心，然后补充道，"像这样，你们看到了吗？"

弗莱克斯听到砰的一声，吓得后退了几步。他瞪着弗雷斯，既害怕又无奈，然后走回了小隔间的入口处，停了下来，转身看着马库斯。

"小子，你暂时安全了。但是总有一天你要亲自战斗。到那时候，我等着你。听见了吗？走吧，弟兄们。"他招手示意他的小跟班们，然后朝隔间的另一头走去。

看到他们终于离开了，马库斯松了一口气。他对弗雷斯点头致谢："谢谢你。"

弗雷斯耸耸肩膀，摸着下巴说："一点儿也没有恶霸的气势。他们根本就是垃圾。如果下次他们再欺负你，记得告诉我。"说完，他退回到自己的角落里。

马库斯对弗雷斯心怀感激，他清楚弗莱克斯说得没错。弗莱克斯有的是时间等。他不能一直用逃避的方法来应对这个凯尔特人的骚扰，总有一天，他要直面对方的挑衅。

04 弗莱克斯

夏天在不间断的日常训练和厨房工作中渐渐远去了。在早晨第一道光出现的时候,马库斯和其他的男孩就要起床,然后到厨房帮忙准备早餐。

马库斯的主要任务是负责生火。在厨房的一角有一个一直燃烧着的小火盆。马库斯小心翼翼地用引火物从火盆中采取火种,再把火种移到壁炉里。他鼓起腮帮,轻轻地朝那些微弱的小火苗吹气,就能点起火来。有三个火炉需要点着了并且让它们保持不灭,所以马库斯必须留心注意每一个火炉,需要不停地去外面的仓库取干燥的木头,放到灶台旁备用。

掌管厨房的奴隶以前也是个角斗士,叫作布雷克萨斯。

五年前,他受了很严重的伤,左脚的脚筋几乎被刀砍断了。尽管最后他从死神手中逃了出来,但是他在竞技场上的战斗生涯却彻底结束了。波希诺把他调到厨房,在这里他或许对他的主人来说还有一些用处。布雷克萨斯的身体很结实,看起来和马库斯的父亲年纪差不多,但是他的头发又黑又厚,几乎没有一根灰白的头发。他在厨房周围一瘸一拐地走动时,看起来整个人都在左摇右摆。

弗莱克斯和他的朋友们在布雷克萨斯身后嘲笑他,悄悄地比画着模仿他走路的样子。当布雷克萨斯回头看或者忽然转身的时候,他们就会迅速地跑回自己的工作岗位上,装成很专注的样子,看着大铁锅里做着的、冒着泡、发出滋滋响声的大麦饭,并且不时地用木铲有规律地搅动。

通常,工作一个小时之后,马库斯和其他人便开始准备开饭,新来的受训人员成群地走进厨房旁边的食堂。奴隶们捡起他们的碗和木勺子,排成一排,等待着有人给他们一个个地盛饭。然后他们默默地坐在长板凳上,把碗放在膝盖上吃饭。训练教员慢慢地走过去,在长板凳之间坐下来,准备随时用他们的藤杖鞭打在吃饭时说话的人。只有在这些人都吃完了,起身开始他们的早训时,男孩们才被允许开始吃饭。直到他们把碗和勺子都洗干净之后，阿玛特斯才领着他们去训练场地。

在学校中间有一大片开放的空地，被3米多高的木栅栏围了起来。里面的土地已经被踏平了，上面覆盖了一层从那不勒斯海湾的海岸边弄来的黑沙。在这里，新来的奴隶就要开始他们的训练了，前方还有很多艰难和危险在等待着他们。四组人员分别在教练的命令下轮流围着操场跑圈，他们需要负重并且通过一些简单的障碍物，所有这些训练都是为了提高他们的毅力、力量和敏捷性。

阿玛特斯跟着他的那个组在训练场地上转圈，他拿着藤杖准备随时鞭打任何一个落后的男孩，或者是鞭打任何没有使出全部力气提重物的男孩，或者是那些笨拙地摔倒的男孩……马库斯满脑子都是当他被打上烙印时，阿玛特斯对他的勇气钦佩有加的场景，所以他尽最大的努力保持教官对他的尊重。无论因为剧烈奔跑而致使他的肺多么烧灼难耐，还是他的四肢像灌铅一样难受，马库斯都咬牙坚持继续向前跑。他的一些同伴没有他那么坚定的决心，所以不久他们就被阿玛特斯的藤杖打得身上青肿或者满是鞭痕了。只有一个男孩和马库斯一样坚持着，他就是弗莱克斯。就他们俩而言，马库斯更有毅力，弗莱克斯则更有力气，而在敏捷性方面他们两个不相上下。

尽管在训练过程中，他们俩之间的竞争是无声的，但经验丰富的阿玛特斯很快就看出了这一点，并且他很高兴地激励他们俩展开竞赛。

"加油，弗莱克斯！那个男孩只有你一半那么大！有问题吗？追不上他吗？你可以的，小伙子，否则你将会尝到我的藤杖的滋味！快点儿跑，你这个懒惰的凯尔特猪！"

当马库斯挣扎着将最重的砝码举到他的下巴时，他做了一个鬼脸。阿玛特斯走过去站到他的旁边，然后在他的耳边喊："这才多重啊！我曾经看到过蛆虫举起过比这更重的石头！如果你不努力的话，怎么能期望能长得像弗莱克斯那么大呢！加油，马库斯，向那个血腥的凯尔特人展示一下罗马人的精神！"

马库斯感觉到其他男孩一直凝视着他，他知道自己必须给他们留下深刻的印象。如果弗莱克斯输了的话，那么他们将会站到他这一边。同时，他也注意到了弗莱克斯直视他时流露出来的、即将爆发的敌意，除了这个，弗莱克斯暂时什么也不能做。白天的时间被严格地规划好了，以至于他无法找到时间朝马库斯发泄他的愤怒。晚上，当男孩们回到住所的时候，他们都太累了，以至于什么也没干就睡着了。马库斯蜷缩在稻草垫子上躺着，派利尼斯和弗雷斯低声聊了一会儿后，也都睡着了。那个斯巴达人仍然远离人群，但大家聊天时，他偶尔也会加入几句评论，但只是在他觉得需要更正某个意见的时候。

马库斯到这里一个月后，弗莱克斯终于找到了报仇的机会。那天，晚饭过后，马库斯最后一个离开厨房返回住处。像往常一样，在回去的路上，他在学校墙角的一个公共厕所停了下来。季节已经变了，当夜晚来临时，空气都变得很寒冷了。在公共厕所的最里面，有一个燃烧着的小火盆，借着它发出的微弱的光，马库斯走到两块平行的木板上。里面还有另外一个人，是一个努比亚男孩，他仅仅比马库斯早一点儿完成他自己的杂活。他们像平时一样对彼此点点头打招呼。在来这里之前，努比亚男孩只会说几句拉丁语，但是由于阿玛特斯的藤杖，现在他可以听懂不少拉丁语了。

马库斯拉起外衣坐到木凳上，由于被用了很多年，凳子已经被坐得很光滑了。从水渠出来的细流把垃圾冲走，从墙下冲出去，流进了挨着角斗士学校的一条溪流里。当他快要结束的时候听到公共厕所门口传来了咯吱咯吱的脚步声。

"喂,努比亚人,快出去!"弗莱克斯用手猛拉他的肩膀,"我有话要对百夫长的儿子说。"努比亚人点了点头,站起身走向最近的醋缸,拿起一个海绵棍,然后放下他的外衣,匆匆忙忙地跑出了厕所。猛冲出去的时候,他恐慌地看了一眼弗莱克斯。

弗莱克斯慢慢地沿着公共厕所的墙向里面走。一边走一边松开了他腰间的皮带。

"现在好了,男孩,是时候让我好好看看你有多勇敢了。你准备好了吗?"

马库斯感觉到自己的内心开始变得冰冷,他匆忙站起来,然后把外套拉了下来。他快速地向四周看了一下,墙上所有的窗户都高高的,而且都像狭缝一样细小,只有一扇门可以走出公共厕所。他被困住了。马库斯抄起一个海绵棒,然后把它放到自己的前面。

弗莱克斯盯着他,咯咯地笑起来:"什么,你觉得你可以用海绵棍子挡住我?"

"放我走,"马库斯竭力保持镇定,说道,"我不会再警告你。"

"喔，你吓到我了。"弗莱克斯假装颤抖，"你应该这么做。"

马库斯意识到除了面对他已经无路可走，说什么也无法避免和弗莱克斯交战了。当他接受了这一点，马库斯感到自己的脑袋里和心里都有了一丝平静。他必须和他打，虽然自己很可能会输。但是他会尽最大的努力打倒弗莱克斯。

"那么，不光我吓到了你，"马库斯回答道，"在我们等着被烙上记号的时候，我看到了你有多恐惧。我看到你像一个懦夫一样颤抖。这就是你为什么恨我，不是吗？"

弗莱克斯在距离马库斯六步远的地方停了下来，他把手里的皮带甩得啪啪作响。

"那有什么关系，事实上我恨你，我非常恨你，是因为你是罗马人。"他把皮带卷在他的右拳头上，用皮带扣将它扣了起来。然后他谨慎地向马库斯走过来，边走边压低身体，似乎正随时准备着跳起来。马库斯在他的对手还没能靠近攻击他的时候，举起棍子向前跳了过去。这根浸满了醋的肮脏的棍子直接打到了弗莱克斯的脸上，当马库斯将棍子对着他的眼睛，戳向他的脸的时候，弗莱克斯因意外和疼痛尖叫了一声。弗莱克斯本能地抬起他的手来躲避袭击，然后紧紧地抓住棍子,将它夺了过去。马库斯松开手,身体随之前倾,然后他全身的重量都压在了弗莱克斯的肚子上。

"哦!"被压弯了腰的弗莱克斯叫了一声。

马库斯再次猛击他,然后变换了角度用他的拳头猛击弗莱克斯的鼻子。这个年长一些的男孩很快清醒过来,他发出一声动物般的吼叫,他似乎毫不在意马库斯对他不断地殴打。弗莱克斯用左手把马库斯向后推,然后右手猛击马库斯。这次袭击的厉害程度和疼痛感令马库斯吃了一惊,但是他知道如果他停止战斗,弗莱克斯一定会把他打成粉末。弗莱克斯再次猛烈攻击马库斯,他抓住了马库斯的下巴,准备击打他的头。他的皮带扣上沾满了血,马库斯眼前闪过一道白色的光,然后一阵眩晕袭来,他向后蹒跚了一步。弗莱克斯跟上来继续袭击他。马库斯感觉自己的双腿摇晃起来,然后他单膝跪地,本能地抬起手来保护自己的头。弗莱克斯继续用力地殴打他,马库斯倒在地板上大口喘着气。

借助火炉微弱的光,马库斯看到那个凯尔特男孩带着满脸邪恶的表情,身体前倾,一次又一次地不停地打着自己,直到他失去知觉。

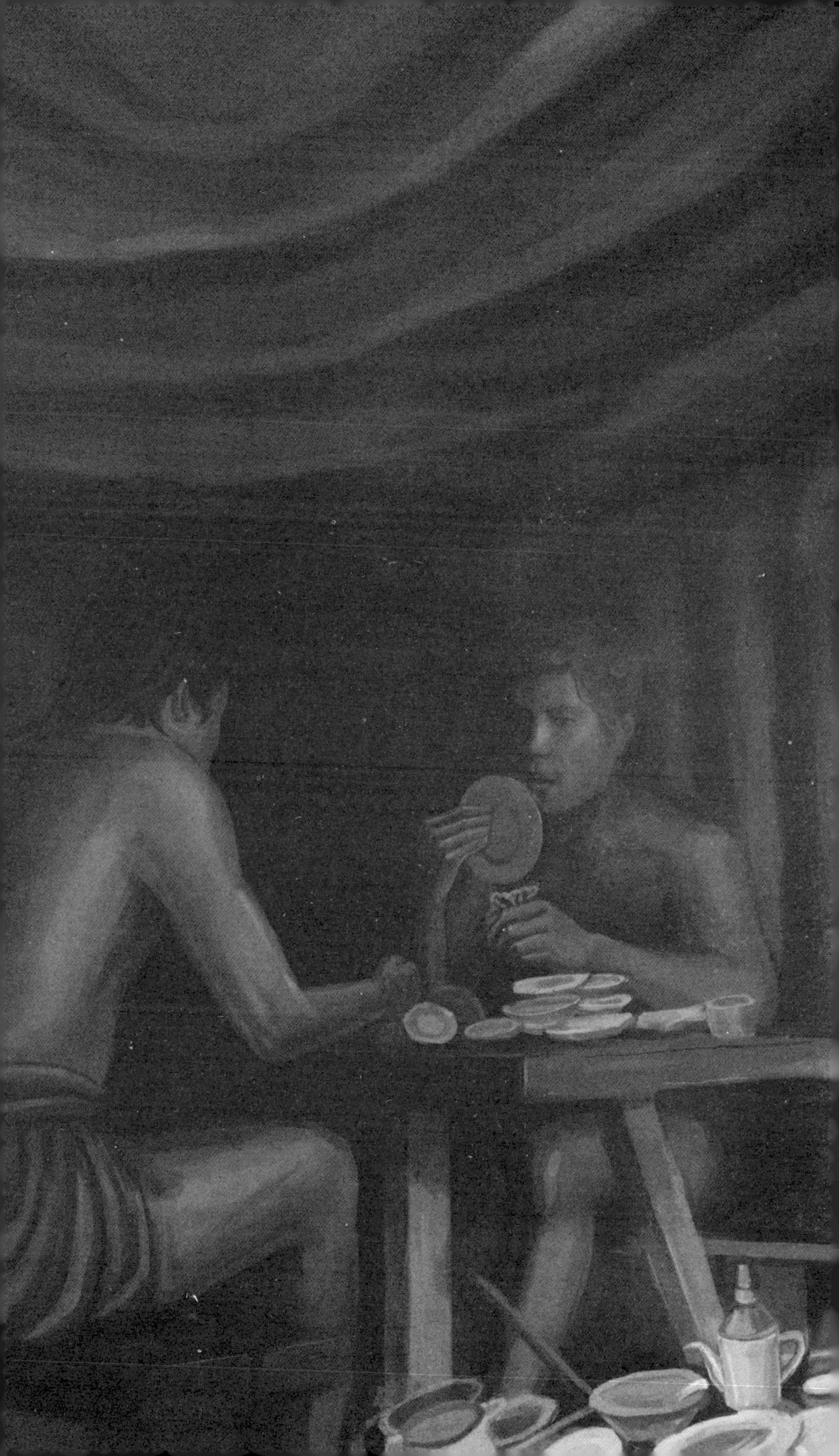

05 布雷克萨斯

"你迟到了。"第二天早上,布雷克萨斯站在马库斯身后厉声斥责他,"如果你不赶紧生好火,我会狠狠揍你一顿。"

马库斯正在灶台边生火。听到布雷克萨斯的呵斥,他身体僵硬地站了起来,低下头看着对方的靴子,点头说道:"对不起,布雷克萨斯,我保证以后不会再发生这样的事情了。"他的声音紧张而低沉。

布雷克萨斯向他走了几步,捏住他的下巴向上抬起,然后惊讶地屏住了呼吸。

"看起来你被人狠狠揍了一顿,我的小家伙。"

马库斯的左眼肿得几乎无法睁开,脸上有很多伤痕和瘀青，嘴唇已经开裂，上面结着干硬的血块。此刻，他正用一只手捂着受伤的肋骨。

布雷克萨斯鼓起腮帮子，拉着马库斯往厨房角落的长凳走去。

"你坐在这儿。我给你找些其他事情做。"

"我没问题的。"马库斯咕哝着说。

"不，你伤得不轻。"布雷克萨斯苦笑着说道，"你现在的情况一团糟。听我的吩咐，坐下。"他边说边轻轻把马库斯推向凳子，然后转身扫视厨房，对另外一个男孩打了个响指，喊道："布拉克斯！今天早上你负责生火。把这些都放好，点上火。还有你，艾瑟，去把阿玛特斯找来。"

"阿玛特斯？那个训练教员？"男孩看上去很害怕。

布雷克萨斯扬起半边眉毛："难道你还知道别的阿玛特斯吗？不知道？那就赶快去叫！"

马库斯平静下来，坐在凳子上，脸部因为肋骨的疼痛而扭曲着。他尽量缓慢地呼吸着，直到这种痛感渐渐消失。然后，他的思绪回到了昨天晚上。

对于和弗莱克斯的战斗，马库斯能记起的最后一幕便是自己在地上缩成了球状,以尽可能地减少身体的伤害。接着,一切都陷入空白。直到他在半夜醒来,发现派利尼斯在用湿毛巾轻轻擦拭自己的脸,而弗雷斯则满脸担忧地看着他,火把微弱的光照亮了隔间。

整个隔间里安静极了,只有弗莱斯喃喃自语着:"都是我不好。我应该好好保护他的。"

派利尼斯摇摇头说:"那不现实。你无法阻止这种事情的发生。"

马库斯因为疼痛而颤抖着,嘴里发出轻微的呻吟声。

派利尼斯向前侧身问道:"是谁干的?告诉我,马库斯。"

马库斯摇了摇头。

"是那个凯尔特人,对吗?"

马库斯没有回答。

"我想是他。"派利尼斯点点头,"好吧,我绝不会饶恕他的。我会找他算账的。"

"不要!"马库斯用嘶哑的声音说道,"把他交给我吧。我会为自己复仇的。"

"你以为你可以吗?"派利尼斯看着马库斯的伤口说,

"下次他会直接杀了你。"

"到时候我会准备得更加充分些。"马库斯用肿胀的双唇咕哝着。

"他说得对。"一个声音打断了他们的谈话。他们转过身,看见斯巴达人站在不远处。他继续说道:"如果这个男孩想要成为一个真正的男人,就必须自己去战斗。"

派利尼斯环视四周,说道:"斯巴达人,下次战斗会要了他的命。所以,还是把这件事情交给我们两个雅典人去解决吧。嗯?"

斯巴达人耸耸肩:"这男孩知道我说的是对的。这是他自己的战斗,你们不能剥夺他为自己战斗的权利。"说完,他深邃而犀利的目光转向了马库斯,"我了解你的想法,小家伙。你的血管里流淌着勇士的血。你千万不能因为逃避战斗而使自己蒙羞。"

"我不会的。"马库斯点点头,吃力地再次闭上眼睛,"我一定会打败他。"

派利尼斯无奈地叹了一口气:"那将是你的葬礼,马库斯。还有,谢谢你,斯巴达人。你从来没有像现在这样乐于助人。"

黎明时分,马库斯费力地站起来,从小隔间走到厨房的每一步他都承受着钻心的痛。灶台另一边,弗莱克斯和他的跟班们正在一边说笑,一边把大麦、油、盐和动物油脂放入大锅中。马库斯看着他们,心中涌起一股复仇的欲望。不管怎样,他会再一次和弗莱克斯面对面。但是下次他会准备得更充分。他会变得更加强壮,并且会学会如何英勇作战。等一切准备妥当,马库斯会好好教训这个凯尔特人,让他永生难忘!

就在那时,弗莱克斯抬起头,他的目光与马库斯的相撞。两个男孩目光相接,互相瞪着对方。很快,弗莱克斯眨了眨眼,噘起嘴,表现出一副很遗憾的表情。

马库斯感到一股可怕的复仇的欲望席卷了他的全身,这种复仇欲望甚至超过了他对德西梅斯的憎恨,要知道,德西梅斯可是造成这一切的罪魁祸首呀。

阿玛特斯走进厨房,环视一周,找到了布雷克萨斯,然后走上前问道:"你找我?"

"是的,是关于那个男孩。"布雷克萨斯朝马库斯点点头,"他被人揍了——伤得很重。我觉得他可能没法参加今天的训练了,我找你来是想告诉你这件事。"

"被人揍了?"阿玛特斯走近马库斯,察看他的伤势,"是谁干的,少年?"

"没有人。"马库斯平静地说道,目光坚定地看着对方。通过眼角的余光,他发现弗莱克斯此刻正死死地盯着他。于是他清了清喉咙,用在场所有人都能听见的声音一字一顿地说道,"我在厕所里滑倒了。"

"就这样吗?"阿玛特斯不禁微微笑了起来,"摔了几次?我真没想到上个厕所也如此危险。听着,小家伙,想在我面前蒙混过关,那是不可能的。我之前就已经听说了,有人袭击了你。那是违反校规的,他们必须要受到惩罚。波希诺主人绝不会姑息那些虐待他个人财产的人。所以告诉我,这是谁干的?"

"我说过了,我当时在厕所里滑倒了,先生。仅此而已。"

"你在撒谎,少年。"阿玛特斯皱起眉头,用手指戳着马库斯的胸,"我不喜欢别人对我撒谎。告诉我,否则受惩罚的人就是你。"

"我滑倒了,先生。"马库斯坚定而干脆地回答道。

"好吧，那后果自负。"阿玛特斯转向布雷克萨斯说道，"看他这样子，不能再承受任何闪失了。接下来两天他不用参加训练了。"

"不，我可以。"马库斯挣扎着要站起来，却被阿玛特斯推了回去，他继续对布雷克萨斯说道："接下来一段时间，他就是你的全职助手。一定要好好利用。"

"我这儿有大量的活儿可以给他干。"布雷克萨斯点点头，"我会让他远离骚扰的。"

"那最好不过了。"阿玛特斯低声说道，"我不会容忍这种事情再次发生。下次所有相关人员都会尝到苦果。"接着，他转向马库斯说道："至于你，既然你的脚在厕所里那么不听使唤，那么看来，厕所确实需要好好打扫一番了。从现在起，就由你负责打扫，晚上你不用在厨房值班，而是去擦洗厕所。或许这样才能教会你不要对我撒谎。"

说完，阿玛特斯跨着大步离开厨房，回到一群教员中继续吃早饭。

直到阿玛特斯消失在视野里，布雷克萨斯才环视厨房，深吸一口气吼道："你们像傻瓜一样站着一动不动干什么！快回去工作！"

男孩们立刻回到各自的工作岗位上，低下头躲避布雷克萨斯的视线。布雷克萨斯盯着他们看了一会儿，确保他们都在专心致志地干活后，转向马库斯问道："你有没有干过擦铜器的活儿？"

马库斯想起父亲胸甲前的勋章，每一枚都代表一次英勇的作战。每年冬天百夫长都会拿出盔甲，向马库斯展示如何让它保持干净光亮。他用旧布条蘸取混合着橄榄油的粗糙粉末，用力擦拭盔甲表面，直到盔甲闪闪发光才擦去粉末。想到这里，马库斯抬起头看着布雷克萨斯回答道："我做过。"

"很好。五天后主人要大摆筵席，他希望他的铜制餐具在那之前准备就绪。你可以和我一起干这个活儿。"

"好的，先生。谢谢你。"

所有教员都吃完饭后，男孩们赶紧打扫厨房，之后他们匆忙跑去了训练场地。这之后，布雷克萨斯示意马库斯跟着自己。他们横穿学校来到正门。一个门卫举起手挡住了他们的去路。

"站住！你们来这里做什么？"

布雷克萨斯一瘸一拐地停了下来，在束身外衣里摸索着掏出一片上了蜡的石板,打开它,指着上面的指令和波希诺的印章说:"请看。"

护卫扫了一眼石板问:"那么,这个男孩呢?"

"他是我的助手。"

护卫看着马库斯,然后退到一旁,对守在大门的同伴们点点头:"开门。"

栅栏被移开,接着厚重的大门被推开一条缝,刚好能容下布雷克萨斯和马库斯从中通过。护卫朝着波希诺别墅的方向对他们挥了挥手,在他们身后重重地关上大门。

"跟上。"布雷克萨斯在小道上一瘸一拐地走了一小段路后,转向了通往别墅的大路。马库斯发现,奴隶们在角斗士学校经历着千辛万苦的生死考验,而学校的主人却过着非常舒适、奢侈的生活。

通往别墅的大路两旁种着修剪整齐的灌木,其间间隔着一根根短柱子,柱子顶部雕有半身塑像。从这些雕像中,马库斯依稀能辨认出几张面孔。他前往德里和来加普亚的旅途中,在走过的城镇和港口中见过这些人的画像。

"这些人是谁?"他不露声色地问布雷克萨斯。

"这些?"布雷克萨斯指着雕塑说,"他们是罗马的精英，有领事、参议员、大祭司，等等。我们的主人喜欢给来宾留下好印象，但同时，他却在政治立场上保持中立，这一点足够精明。看到那儿了吗？那个是马吕斯，他的政敌是苏拉。他们一生互为死敌。直到现在，他们的影响力仍然存在，追随他们的罗马人也因此分成两派。但是波希诺想要讨好双方，所以把他们的雕塑都建在这里了。这样一来，任何一方的拥护者来拜访学校时，都会感到高兴。"

"他们经常来吗？"

"挺频繁的，总是有政客来学校购买角斗士，然后在民众面前装模作样地炫耀。"

"那么，庞培将军呢？他也会来这儿吗？"马库斯问道，尽量抑制住自己激动的心情。

"不太可能。"布雷克萨斯哼着鼻子说，"他太伟大了，不可能亲自来拜访。但是他的一个干事前不久来过。他买走了八个角斗士，他们被带往庞培位于罗马境外的一处私人宅邸，供庞培娱乐。"

马库斯暗自窃喜，这重新燃起了他对未来的希望。虽然机会渺茫，但说不定某一天幸运之神就会降临。也许派利尼斯是对的，他应该坚强地活下去，或者就可能有机会见到庞培将军。

像罗马大部分的宏伟别墅一样,波希诺的别墅前也有一个巨大的院子,院子入口处是一个精心装饰的拱门。院子后面坐落着主宅,主宅的中心是一座整洁的小花园,花园的中间有一个小池塘,池塘里的喷泉叮叮咚咚地向外喷洒着清澈的泉水。院子的角落里有一扇小门,通往奴隶的住处。那里和学校一样冰冷苍白、平淡无奇,只有光秃秃的墙壁、黑黢黢的房间和带有栅栏的窗户。

布雷克萨斯带着马库斯继续向前走,经过一条短短的走廊,来到一间仓库。仓库的架子上陈列着各种用铜和银打造的盘子、碗、酒杯,地上堆放着陶器、玻璃水壶和一些玻璃碗。布雷克萨斯找出两个凳子,一个装着布条的小箱子,几罐粗糙的粉末和一小罐橄榄油。他一边喃喃自语,一边从架子上拿下一摞铜盘,放在两个凳子之间的地上。他拿了两个盘子,一个递给马库斯,一个留给自己,然后开始工作。

布雷克萨斯一边把粉末和橄榄油混合到一个小盘子里,一边说道:"那么,说说你的故事吧,马库斯。你是怎么来到角斗士学校的,你才……几岁来着?"

"十一岁。"马库斯回答道。他猛地想起自己居然忘记了一个多月前的生日,这让他吓了一跳。

"有那么大了?"布雷克萨斯略带嘲笑地思索着,"差不多是个男人了,是吧?"

马库斯已经习惯了成年人的讥笑和嘲讽,因此不会轻易上钩。

"我是被非法买卖的。我母亲遭人绑架。我的父亲,一名退伍的百夫长,被人杀害了。"

"啊,是的。我听说过你的这一番说辞。百夫长的儿子,是吗?"

"我说的都是真的。"

"按你的说法,那你母亲是什么身份?一个来自东方的异国公主?"布雷克萨斯不屑地耸耸肩膀。

"不。我的父亲在一次镇压奴隶起义的战斗后遇见了我母亲,之后不久他们就结婚了。"马库斯反驳道。

布雷克萨斯停下手中的活,他一手拿着铜盘,另一只手的手指上缠着布条。他看着马库斯,问道:"这么说,你父亲参加了剿灭斯巴达克斯军队的战役?"

马库斯点点头:"他参加了最后一次战斗。在那次战斗中,奴隶军被击垮,斯巴达克斯本人也被杀死。当罗马军队扫荡奴隶军营的时候,我的母亲被俘虏了。"

"我知道了。"布雷克萨斯低下头继续用粉末和橄榄油的混合物擦拭着铜盘,"我必须要告诉你,马库斯,我也参加了那次战斗。在那次伟大的奴隶起义中,我参加了最后一次战斗。"

"你?"现在轮到马库斯惊讶地停下手中的活了,"那也许你听说过我父亲。你在哪支罗马军队服役?"

"我不是罗马军队的军人,我是斯巴达克斯一方的军人。"

马库斯惊讶地看着他。布雷克萨斯面无表情地回以冰冷的眼神。马库斯怀疑他在撒谎。也许这是学校里的人钟爱的另一出恶作剧吧。

"我原以为被庞培将军俘虏的奴隶都被处死了。"

"确实是的。战斗的前一天,我的马摔下山坡,我因此受了伤,于是,不得不留在奴隶军的马车里观战。不然,我就和其他所有在战场上被捕的战士一样,被庞培处死了。后来,我被扫荡奴隶营的罗马军队逮捕,然后被卖给一个跟随罗马军队的奴隶交易商,他继而把我转手卖给了波希诺。"

"原来是这样。"马库斯用手中的布条蘸了蘸混合物,开始擦拭铜盘,"那你见过斯巴达克斯吗?"

"是的,军队里几乎无人不知。他每天晚上都要到营地里走走,和追随者们说说话。"布雷克萨斯停下来,谨慎地看着马库斯,"我在很多场合都见过他,也和他说过话。"

"他是个怎样的人?"马库斯急切地问道。

"他和我一样,是个普普通通的人。他的头上没有长角,眼中没有燃烧着火焰,也不吃囚犯。或许和你听说的恰恰相反吧。"

"但他一定是个伟大的勇士。听我父亲说,他手下的奴隶战斗起来时简直像魔鬼。斯巴达克斯一定是个巨人,像弗雷斯一样。"

布雷克萨斯摇摇头:"斯巴达克斯长得并不高大,他和我的身形差不多。他有一头黑鬈发,棕色的眼睛很犀利,就像你一样。在起义爆发之前,他从未杀过人,哪怕是在竞技场上。但是他指挥起军队来却如鱼得水。仅仅几天的工夫,他就把我们组织成一支强大的武装力量。几个月后,他已经聚集起成千上万的追随者,甚至给我们每个人都配备了武器。角斗士负责训练其他奴隶。通过训练,我们变得个个骁勇善战。许许多多罗马战士的亡灵可以证明这一点。"布雷克萨斯边说边调制出更多的混合物,用于擦拭器皿,然后,他转向一摞新的盘子继续说道:"每一次战斗,斯巴达克斯都在前面带路,他的贴身护卫跟随在后面。"

回忆起往事,布雷克萨斯露出纯真的微笑。

马库斯停下来凝视着他,嘴巴情不自禁地微张着。

"那么,你是他的贴身护卫吗?"

布雷克萨斯皱起眉头:"我可没那么说。我只是说我和其他追随者一样,仅仅是知道他而已。好了,不要再问我关于斯巴达克斯的任何问题了,否则你会让我们俩都卷入麻烦中。"

"麻烦?"

布雷克萨斯放下手中的盘子,向马库斯那边靠了靠,轻声说道:"如果你父亲真如你所说,曾经是罗马军队的百夫长,那么你一定知道罗马军队有多么惧怕斯巴达克斯。即使现在也是如此。他们知道斯巴达克斯精神永存于每一个意大利奴隶心中。但是,我们的主人希望我们忘记这种不朽的精神。所以,你能够想象一旦波希诺听到我们的谈话,他会多么愤怒。"

"但是现在只有我们两个人。"马库斯反驳道,"没人会听见我们的谈话。"

"隔墙有耳。"布雷克萨斯回答道,"我已经说得够多了。好了,现在继续工作吧,少年,不要再开口说话了。"

马库斯叹了口气,为不能再深入了解伟大的斯巴达克斯而感到无奈和遗憾。他举起手中的盘子用力擦拭着。然而他仍然禁不住对布雷克萨斯的话心生疑虑,马库斯觉得他并没有看上去那么简单。尽管他矢口否认,但是很明显,他对斯巴达克斯的了解非常深刻,深刻到一旦真相被披露,他将会有生命危险。

马库斯抬起头,仔细端详着眼前这个男人。无论如何,他一定要挖掘出更多关于斯巴达克斯的事情。

06 偷盗事件

不久,马库斯身上的伤就好了,他重返训练场,和其他的男孩们一起训练了。

当冬天攻陷整个坎帕阶小镇的时候,刺骨的寒风夹卷着冻雨,袭向小镇,天气冷极了。学校外面枯黄的树叶,早已脱干水分,变得干枯易碎,这些树叶被风吹到墙上,打起旋涡,然后聚集在建筑物的一边或者是某个角落里……

然而,这种季节的变换对于马库斯他们的日常训练并没有任何影响。早饭过后,马库斯和其他男孩一起排着队走到训练场,一到地方,阿玛特斯就开始训练他们。

每天都是相同的一系列训练,重复了一遍又一遍。一整天的工作和训练结束之后,男孩们都累得筋疲力尽,一回到宿舍，就都瘫倒在草席上睡着了。马库斯几乎是最后一个睡觉的，他一直负责清洁公共厕所。擦拭干净木凳，将空了的醋缸重新注满，清洗公共厕所下面的水渠……所有的这些工作都做完后，他才可以休息。

经过几周的恢复训练，马库斯肌肉僵硬的状况开始有所好转。随着冬天的来临，他觉得自己的身体也像冬天一样变得冷而硬，比以前强壮多了。现在，他可以提得起比他刚到这里时重很多的东西。他的意志力也在稳定地增强，以至于在一天的辛苦工作之后他不再感到筋疲力尽，并且他可以在每个早上自觉地起身开始一天的训练。

这年的最后一个月，阿玛特斯决定开始对他们进行武器训练。男孩们行军到混合训练场，他们看见了一辆小型两轮马车，车上装载着木质宝剑和用柳条编织成的盾牌。看到这些时，马库斯感到自己的心跳跳得更厉害了。是的，最终，他们将被教会如何打仗——这是通往竞技场，进行死亡之战的另一个台阶。马库斯很快就将学会他父亲曾经使用过的一些作战技能。

经过一段时间的观察，马库斯已经意识到在这里几乎没有任何机会逃跑，因为在学校四角的塔楼上有很多守卫日夜执勤，牢牢地看守着奴隶们；学校的大门口设置了层层关卡，连只苍蝇都很难飞出去。马库斯发誓：总有一天，或许很快，他将会赢得自由。那时，他最好已经找到母亲，然后他会赢得母亲的自由并保护她。

"现在，马上，你们所有的人！"阿玛特斯站在两轮马车旁大声喊道，"每个男孩都各自拿一把剑和一个盾牌，然后在训练场地前面站成一排！"

马库斯收回思绪，加入到他的同伴中，和他们一起挤到两轮货车的边缘等着领取装备。当弗莱克斯靠向他的时候，他感到了很尖锐的刺痛感。

"现在有木宝剑了。让我们看看它们的破坏性吧，嗯？"

马库斯转身抬头看着弗莱克斯："无论是木质的还是铁质的宝剑，我都可以把你砍成块！"

"喔！"弗莱克斯窃笑着说，"我可不能等。"

"闭嘴！"阿玛特斯喊道，"弗莱克斯，你要是再敢说一个字，我就罚你打扫厕所。"

弗莱克斯快速低下头，然后挤到马库斯和其他人的前面，从阿玛特斯手里领取了他的训练武器。

马库斯领到装备后,他很惊讶:盾和木剑竟如此之重!他尝试着轻轻挥动了一下宝剑,然后向其中一个训练场地走去。那把长长的、结实的木剑,有一人高,经过多年的风霜和众多奴隶学校学员的使用,已经变得残破并有很多缺口了。

当所有的男孩都就位之后,阿玛特斯走到队伍中间,然后转身面对着他们。

"我花了好几个月的时间使你们足够强壮,可以应付眼前这些东西。现在,真正的训练开始了。你们将背着这些装备进行训练。我将会教你们一些基本的作战技巧。今天,我们将涉及所有的基础技巧:猛刺,收回,抵挡,等等。仔细看好。"

阿玛特斯举起他的盾牌,然后左脚向前迈。

"看到这个了吗?把你们身体的重量平均到两只脚上,然后压低身体,这样就可以在必要时轻松地将你们身体的重量前移或者后移。一直把左脚放到前面,然后右脚紧跟着左脚。这个不同于平常走路。"他环视了男孩们一圈,"看明白了吗?我不想看到你们中的任何一个人交叉着双腿。在真正的战斗中,如果你那么走,你的对手将很容易破坏你的平衡，然后在一瞬间就将你击倒。现在，开始跟我学习正确的移动方法，一定要让它变成你们的第二个本能。现在，保持这个姿势，当我向前的时候，你们就向后退，我们之间要一直保持这个距离。我向后退的时候，你们就跟上来。明白了吗？现在摆好姿势。"

马库斯把他的左脚向前迈了一步，举起他的盾牌，然后向左右瞥了一眼，以便确认他的姿势是否正确。阿玛特斯沿着队伍一路走过来检查每一个学员的姿势是否正确，对的就点头称赞，错的就大声呵斥。走到马库斯面前的时候，他停了下来。

"你究竟想怎么用这把剑啊？这是一把剑，不是用来走路的拐杖！把它举起来，和地面保持平行，在盾的前面倾斜！你必须准备好随时进攻和防守。"

"是的，先生。"马库斯按照他说的摆好了姿势。

"这样看起来好多了。"阿玛特斯继续向前走。

他满意地看到每个人都做好了准备，然后，他开始训练他们移动的步伐，用突然快速地前进和后退来测试他们的反应能力。那些反应慢的男孩被大声训斥一顿之后，被罚跑圈，跑完之后才能重新加入队伍当中来。

几个小时过去了,这些装备的重量马库斯已经吃不消了,他感到肌肉被拉伸的阵阵灼痛。但是他咬紧牙关继续坚持着,他的双眼牢牢盯着阿玛特斯,并按照他的要求尽可能快速地移动。

最后,阿玛特斯站直了身体,把盾牌放了下来。他带着轻微的冷笑检视着这帮学生。"这些人就是可悲!在我有生之年还从来没有看到过这么笨的一群废物!所以,你们只能继续重复做这些动作,直到你们这些傻瓜学会了为止。摆好姿势!开始!"

在接下来的一天和第二天上午,他们都一直重复着这个动作。阿玛特斯命令他们不断加快移动的速度。每次右手向前刺的时候,马库斯和他的同伴们都"啊"地发出一声震耳欲聋的叫声。男孩们举起盾牌和宝剑,准备躲避敌人从四面八方袭来的攻击。根据指令,当阿玛特斯向后退并放低他的宝剑时,男孩们便将宝剑刺入一个假想的敌人的身体,与此同时,他们会发出"啊"的一声呼喊。

"你们这是想要做什么!"对于学员们的首次努力,阿玛特斯狂暴地回应道,"你们这是在逗我笑吗?攻击的时候,给我发出像狮子一样的咆哮声。这种叫声的威慑力比用宝剑更强大，甚至可以吓退你的对手。你必须让你的对手认为你是一个天生的野蛮战士，让对方感到你的血液正在沸腾。只要让你的对手害怕你，这场战斗你就胜利了一半。再来！"他屈膝蹲下来，停了一会儿，向后退了两次，然后用宝剑指着沙子作为命令学生们进攻的指令。

马库斯用尽全力将他手中的宝剑向前刺去，同时发出了撕心裂肺般的喊声，和其他人的声音嘈杂地叠加在一起。

阿玛特斯噘起嘴点了点头，说："这次好多了，但是你们还是不能吓到我。再大点儿声！"

接下来的几天，他们继续着这种操练。之后，阿玛特斯开始教他们刀的用法，他们花费了几个小时的时间练习用刀向前刺，并且训练用刀劈断东西。空气中充满了刀砍到木头之后，木头迅速破裂的声音，以及每个男孩发出的喊声。

整个训练过程中，马库斯都一直牢牢地盯着弗莱克斯，以防万一阿玛特斯没有看着他们的时候，那个家伙会再做出一些伤害或者捉弄自己的事情。

一直以来，这个凯尔特人一直看马库斯不顺眼，他还将自己上次打败马库斯的事情公开了。现在，其他的男孩对弗莱克斯都心生畏惧，他们都尽自己最大的努力尽量避免引起弗莱克斯的不满。所以，他们中没有一个人像朋友一样对待马库斯，甚至都没有人和他说话。马库斯尽力表现得并不在乎，因为还有两个雅典朋友陪伴着他。还有弗莱斯，他对马库斯非常好。几乎每天，他都会悄悄地为马库斯留出一些剩饭。然而，绝望还是慢慢地在马库斯心里累积起来。找到庞培将军并且重新赢得自己和母亲的自由，这个目标变得越来越遥不可及。如果他一直被禁锢在这所角斗士学校里，他将永远都没有机会找德西梅斯报仇。

尽管马库斯一直防备着，可是每次阿玛特斯一转身，弗莱克斯都会戏弄他，这种没完没了的捉弄让马库斯非常难受。有时候，弗莱克斯会故意站得离马库斯很近，然后在他们绕着训练场地跑圈的时候故意绊倒马库斯；或者他会在进行负重训练的时候故意推马库斯一把，致使马库斯的负重物掉到沙地上。阿玛特斯发现马库斯的东西掉下来了，就会对着他的脸大声咆哮谩骂，然后用藤杖打他……马库斯忍住了所有的事，他暗暗下定决心一定要等待时机，等待着有一天自己变得更加强壮，强大得足以向折磨他的人报复。

转眼到了年底，马库斯仍然没有发现任何可以逃跑的机会，奴隶们一直被牢牢地困在高墙里。角斗士学校开始准备一年一度的农神节庆祝盛会。

一天早晨，一个装载着灌装白酒、面包、熏肉和糕点等食物的货车进入了学校。马库斯和其他奴隶一起把货物从货车上卸了下来，阿玛特斯和一批学校守卫在一旁监视着，以防止他们中有人趁机偷东西。当货物卸完、宴会所需物资都被堆放到一个储藏室里之后，阿玛特斯锁上储藏室的门，然后去托勒斯那儿交钥匙了。

等待阿玛特斯回来的时间里，弗莱克斯朝储藏室门口走去，边走边吸着气："闻到了吗，男孩们？闻到这些可口的食物的味道了吗？五天后，我们将尽情地享用它们。"

一个守卫笑着说："如果主人不满意你的进步，那么你将会在其他人吃完之后吃他们剩下的东西，小家伙们。这就是你们所能享用的宴会。"

弗莱克斯皱了皱眉："那不公平。我们应该有同样的权利享用这些食物。"

"你们排在用餐顺序的最后一级。"守卫说着，给了弗莱克斯一个巴掌，"当你要称呼我的时候，你要叫我'主人'"。

"是的，主人。"弗莱克斯低下了头。然后，他看到马库斯在旁边偷笑。于是他接着说:"但是,主人,有一件事您说错了。我不是用餐顺序的最后一级。他才是,那边那个人才是。"他噘起嘴唇轻蔑地笑道,"那个百夫长的儿子。"

弗莱克斯继续用更大的声音向其他男孩们演说起来。马库斯静静地站着,他尽可能地掩饰他的仇恨与愤怒。

"农神节的时候,我将是第一个享用美食的人。然后是我的朋友,再之后是你们这群人,最后是他。"弗莱克斯说着用手指戳了马库斯一下,"如果有人想要插队,那么他必须要问问我的意见,你们都知道那些想要挑衅我的人的下场吧?"

几乎没有一个男孩敢看他的眼睛,一些男孩可能想起了马库斯之前的遭遇,他们紧张地瞥了弗莱克斯一眼。

"我不怕你。"马库斯坚定地说,尽管此时他的内心由于焦虑而纠结万分。

"不怕?好吧,你应该害怕的。"弗莱克斯盯着马库斯慢慢地摇着头,"而且你将会在很长的一段时间里都害怕我。"

马库斯皱了皱眉头:"你这话是什么意思?"

弗莱克斯还没来得及回答,一个粗暴的声音划破空气传了过来:"都在那儿干什么呢!"阿玛特斯一边朝着他们走过来一边喊道,"像一群农场工人似的四处晃荡什么!"他挥着藤杖指挥起来,"站好队,你们这群笨蛋!否则让你们尝尝我藤杖的滋味!"

男孩们迅速跑过去站好队,然后阿玛特斯带着他们往训练场走去,在那里他们又进行了一天的艰苦训练。训练结束,一解散,男孩们就往厨房奔去,他们个个都用异常兴奋的腔调讨论着即将到来的农神节。

在农场生活的时候,马库斯就知道农神节。

每年年末的时候,大家会用松树枝做成的花环装饰房子。马库斯的妈妈会在厨房里忙活半天做一些吃的。在节日的当天,马库斯的父亲是一家之主,奴隶们在主人吃饭的时候在桌子边侍候着。接着,其他的一些人会讲故事或者演一出哑剧,然后阿里司提戴斯就会拿出他的笛子演奏音乐。夜幕降临后,马库斯会让父亲提图斯讲一个他多年前在军队的故事,那些故事的画面会一直在马库斯的脑海里涌现,他好像看着庞培将军的罗马军团走遍了世界的每一个地方。马库斯叹了口气。那是农场赚钱的一段时间,提图斯在那时拥有很多奴隶。因为天灾人祸，农场走下坡路后，一切都改变了，那些奴隶一个一个地陆续被卖掉了，然后庆祝农神节就变成了一件非常安静的事情。

回想起以前那些幸福日子的时候，马库斯微微地笑了，那些事情现在对于他来说就像是一场梦，一个痛苦的梦。现在，他想知道在角斗士学校里这个节日会是什么样的：波希诺会亲自出来招待他的奴隶们吗？这似乎看起来不太可能。可至少会有一段短暂的休息时间，可以暂停那令他们筋疲力尽的日常训练。他的脑袋里一直憧憬着接下来几天的一系列训练之后，他的胃可以被美味的食物填满的美好景象。

后来，在厨房帮忙的时候，马库斯意识到布雷克萨斯一直小心翼翼地盯着他看，好像在揣摩他一样。

一天，用过晚餐之后，马库斯准备去公共厕所完成打扫工作。当他转身要离开厨房的时候，布雷克萨斯抓住了他的胳膊。

"马库斯，"他轻声说，"你还想知道一些关于斯巴达克斯的事吗？"

马库斯点了点头。

"那么等你打扫完公共厕所之后，再回到这里来。"

"好的，我会的。"

布雷克萨斯松开了他的手，然后马库斯匆忙地跑掉了。擦长凳的时候，马库斯忍不住猜想是什么让布雷克萨斯改变了主意。上次布雷克萨斯草草地结束了谈话，那一刻马库斯觉得他好像后悔说了一些不该说的话。尽管马库斯想要快点打扫完公共厕所，但是他不敢让托勒斯发现他工作中有任何的失误，所以他像往常一样重新将桶装满，仔细地冲洗过道，然后离开之前将刷子和木桶放在了旁边的橱柜里。夜已经很深了，一股股寒风轻轻地刮过了角斗士学校。

马库斯返回厨房的时候，布雷克萨斯正坐在厨房的一个桌子旁，整个屋子里就只有桌子上的一盏油灯发出点点光亮。布雷克萨斯的面前放了一小罐白酒，马库斯进门的时候，他正好举起杯子喝着酒。布雷克萨斯向四周看了一下，当视线落到马库斯身上时，他长舒了一口气。

"哦，好，过来坐下吧，男孩。"他朝着桌子另一侧的一个凳子点了点头。马库斯按照他的指示坐到了凳子上。他发现在桌子上有两个杯子。布雷克萨斯将另一个杯里倒满酒，然后小心翼翼地推到马库斯面前。

"给你，喝了它吧。它可以帮助你驱寒。"

"谢谢。"马库斯边点头边拿起杯,那是一个边缘用碎片拼成的陶皿。他曾经喝过酒,但是酒里被他的妈妈加了很多水,所以布雷克萨斯给他倒的这杯酒发出的浓浓的辣味把他吓了一跳。

"这个酒不是最好的。"布雷克萨斯微笑着说,"但是很难把酒带到这里来,我费了很大劲儿才从守卫的手里买了这瓶酒。"

"你有钱?"马库斯惊讶地问道。据他所知,这里的大多数奴隶都不被允许存钱。

"是的,当然。波希诺允许大多数他信任的奴隶赚钱和存钱。或许有一天我们可以攒到足够的钱,然后买回我们的自由,他也可以趁机打发一大批人出去,这样当我们老了之后他就不用再养我们,也不用给我们准备房子了。无论如何……"他快速地抿了一小口酒,然后眯起眼睛看向桌子另一侧的马库斯,"你想知道关于斯巴达克斯的事情?"

"是的。"

"好的,但是首先让我把我们之间的事情理清。我想你也没有忘记那天我们一起在主人别墅里擦铜器的事吧。"

"我记得。"

"是的。那么你也应该记得，我说过我知道斯巴达克斯的事。"

马库斯点了点头："你说你非常了解他。"

"所以你走的时候肯定以为我是他的朋友。"

马库斯不知道该说什么，于是抿了一小口烈酒，等着布雷克萨斯继续往下说。

"无论真相如何，小马库斯，我相信你一定知道如果大家认为我和斯巴达克斯很亲近的话，后果将会多严重。罗马人记性很好，而且他们也都不是宽容的人。我知道你也是罗马人，但是我觉察出你有一副好心肠。你并不像来这个学校中的一些男孩，他们中的一些都是狡猾的小偷和小混混，特别是弗莱克斯和他的那些恶棍朋友们。你和他们不一样。所以我相信你，但是现在，我想知道我可以相信你多少。"他盯着马库斯看了半天，"我跟你说的这些话，你一定不能对外透露一个字。你可以保证吗？"

马库斯坚定地点了点头："是的，我可以保证。"

"很好。"布雷克萨斯松了一口气，"有你这句话，我决定多告诉你一些关于斯巴达克斯的事。"

马库斯渴望地看着他问："你是他护卫队中的一个保镖

吗？"

"不，我的职位远远超过那个。我是一个中尉，主管侦察兵。"布雷克萨斯苦笑着说，"现在，这些都与我无关了。我曾经是一个很棒的角斗士，后来才成为斯巴达克斯军队的一个领导，但现在，我只是一个卑微的奴隶。"

"如果我父亲告诉我的是事实，那么你一点儿也不卑微。你打仗很棒，你已经赢得了你的荣誉。"

布雷克萨斯摇了摇头："马库斯，在那最后一场战争中并没有荣誉。那是一场血腥的大屠杀。我们一直跑了好几个月，追赶我们的克拉苏军队一直穷追不舍。那支军队曾在许多场战斗和接触战中打败我们。然后庞培到了，我们被困在两个军队中间。我们除了反击和战斗之外，别无选择。那个时候，我们有好几千的病号和伤员，整个队伍只剩下五千人可以拿得住刀或者枪。大多数人在第一次冲锋的时候就被砍倒了。但是斯巴达克斯和他的战士们英勇战斗着，他们一度深入到了罗马军队中，但是，最终他们被俘了，他们投降后仍然被杀死了。所有这一切在很短的时间内就结束了。"

马库斯盯着他："这和我父亲说得不一样，这和人们说得也不一样。"

"当然不一样。太多的人因为这件事树立了声望,他们把它渲染成一场伟大的胜利。克拉苏军队声称他们已经打败了我们,但是庞培——伟大的庞培——告诉罗马人是他打败了奴隶军团。当我被俘虏到他的营帐的时候,我听到了他对他的将士们的演讲,他告诉将士们他们是如此英勇,是难得的英雄,他慷慨地奖励和表扬了将士们。我敢说你的父亲就是那些表现突出的人之一。让我惊讶的是,他竟然不顾事实,如此吹嘘。"

马库斯感到嘴里有一点酸涩的味道。他不愿意相信布雷克萨斯告诉他的这些事。

"当然,有一件事情是庞培无法诋毁的,那就是斯巴达克斯给我们的灵感。尽管这次反抗被击碎了,而且斯巴达克斯被杀死了,但是他作为榜样的力量一直流传了下来。在大多数奴隶的心中,斯巴达克斯就是我们的英雄。我们等着有一天另一个斯巴达克斯站出来,带领我们打碎我们身上的束缚与锁链。或许下一次我们能赢得胜利。"

他喝完了杯里的酒,然后直视着马库斯:"既然你想知道更多的事情,那么现在我已经把我知道的都告诉你了。我需要确定的是你是否会把这件事守口如瓶。"

马库斯慢慢地点了点头:"我会的。我发誓,用我妈妈的生命发誓。"

布雷克萨斯仔细地看了他半天:"这样对我们来说都是最好的。把你的手给我,小马库斯。"

斜靠着桌子,马库斯伸出手,布雷克萨斯那满是老茧的手紧紧地握住了他的手,然后轻轻地摇了摇。

"今天就到这里吧。你一定累了。"

"非常累。"马库斯将工具扔在地上,"谢谢你的酒。"

布雷克萨斯微笑着朝门口摆了摆手。

到了外面之后,马库斯将头缩进外衣里,然后加快脚步,快速地从厨房走回住所。守卫在他进去之后锁上了门。昏暗中,他走到自己床铺,脱下靴子然后爬上稻草堆,将大衣盖在身上保暖。尽管布雷克萨斯告诉他的事情还在他的脑海里游荡,但是困意很快就袭来了。他睡得很沉而且没有做梦,直到他的肋骨猛地被打。

"起来!快起来,你这个小偷。"

马库斯被惊醒了,但是他的脑袋昏昏沉沉的。当火把的火焰靠近他的时候,他眯起了眼睛。那个把他叫醒的男人将他拽起来。这下马库斯看清了：那个拿着火把的人是阿玛特斯，而那个把他打得很痛的人是托勒斯——学校的总教官。

"你做什么了，小偷！"

马库斯眨了眨眼睛，然后摇着头说："做了什么？什么做了什么，主人？"

"那些你从贮藏室里面偷出来的鹿肉！"

"什么？"马库斯扫视着四周，"什么鹿肉，主人？我发誓我没有拿任何东西。"

"撒谎！"托勒斯拿起一只靴子。鞋带被剪断了，当他的手晃动的时候皮革鞋也跟着晃动着，"这是你的鞋。"

马库斯盯着它，然后摇了摇头："我的靴子在那边，主人。在进门的门口那里。"

"一共有三只。这只是守卫换岗的时候刚发现的。我猜你一定是着急逃跑的时候掉的，对不对？这鞋是在储存农神节食物的储藏室里找到的，门锁被砸开了，酒被偷喝了一些，并且鹿肉也被偷走了一些。"他皱了皱眉，然后突然凑近马库斯吸了一口气："你身上有股酒味。"

马库斯感到自己的脊柱突然被一股冰冷的恐怖感侵袭了。

"不是我！那也不是我的靴子，我发誓！"

"闭上你的嘴，小偷！"托勒斯将鞋举到火把旁边，"八号，看到了吗？这是你的鞋。所以，不要再撒谎了，小偷。你必须为自己的所作所为付出代价。你知道我们是怎样对待小偷的吗？"他握紧拳头对着马库斯，"嗯？"

"不知道，主人。"

"我会让他尝尝夹道棒刑的滋味。"他咬着嘴唇，露出一丝残酷的笑容，"你的伙伴将会被分成两行。每个奴隶都手持木棒，当接到命令之后，这个小偷会被追着打直到奴隶们停手。"托勒斯窃笑着，"事情是这样的，我几乎从来没有见过一个奴隶可以活着跑到终点。"

马库斯感到内心变得越来越冰冷。他想要否认，想要声明自己的无辜，但是看到托勒斯脸上的表情，他知道这个男人不想听任何解释。

喧闹声吵醒了其他人，在营房昏暗灯火的照耀下，马库斯看到很多个脑袋从房子的两边凝视着他。他看到了弗莱克斯，当他们四目相对的时候，那个凯尔特人慢慢噘起嘴，露出狡猾的笑。

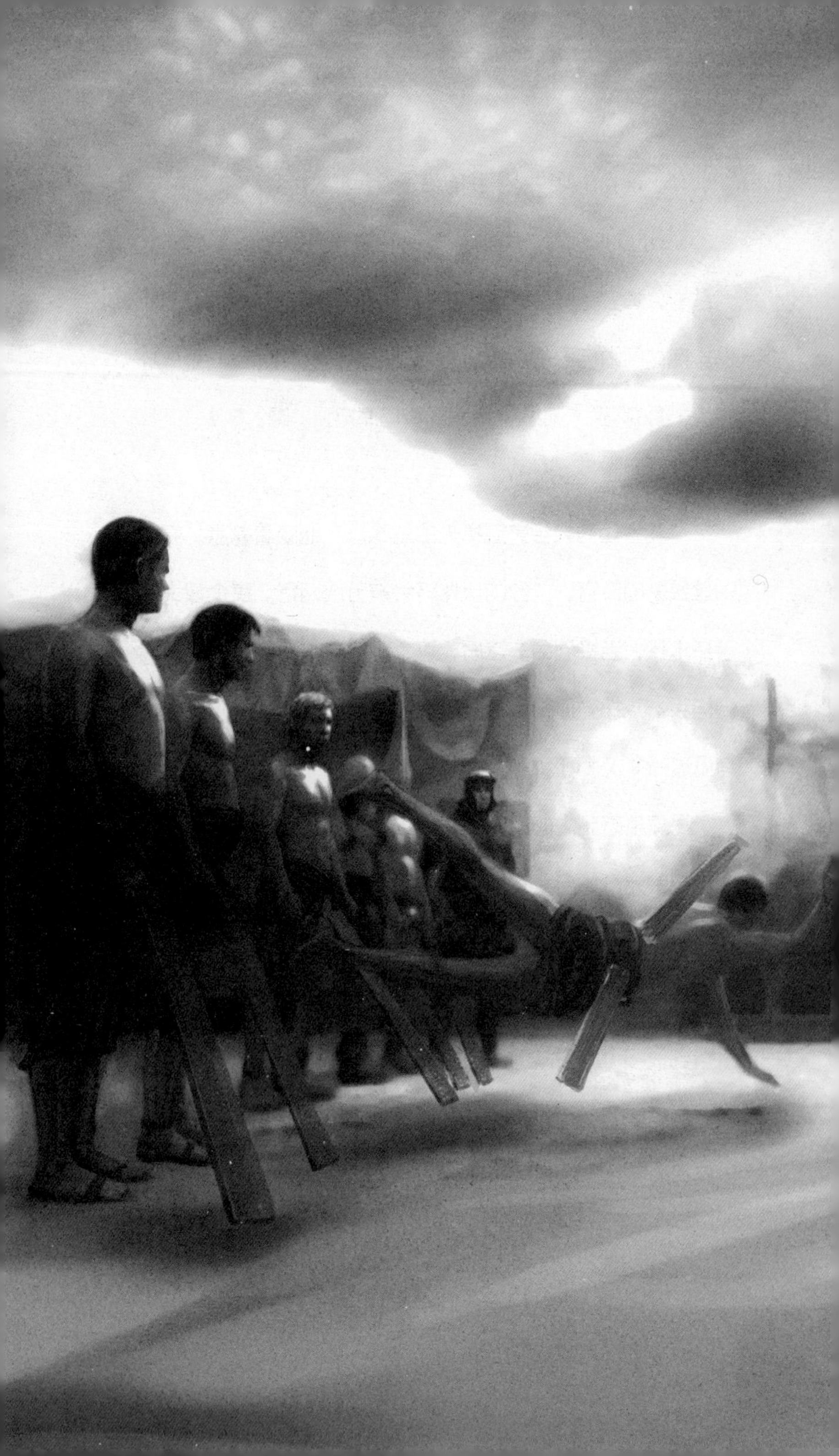

07 夹道棒刑

黎明时分，天色苍白，马库斯被拖出了连窗户都没有的小隔间。

昨晚他是被托勒斯扔进来的。天气寒冷，马库斯尽力克制着全身的颤抖。他下定决心不让任何人看出他内心的恐惧。此时此刻，他无比恐惧，有生以来，他从来没有这么恐惧过。这种恐惧，不仅仅是为他自己，也是为他母亲。想到可能因此辜负了母亲，他深感自责。

阿玛特斯加大力气抓紧了马库斯的胳膊，带着他走过奴隶宿舍，走向训练场的大门。

托勒斯正站在那儿等着他们。

"你还要坚称自己是清白的吗，小子？"

马库斯点点头:"我没有偷任何东西,主人。是别人有意陷害我。我向所有神灵起誓!"

托勒斯皱起眉头:"当心点儿,小子。神灵们对那些发错誓的人可不会仁慈的。"

"我知道,主人。"

"不管神灵们怎么想,现在你在我手里,就要接受我的惩罚,明白吗?"

马库斯犹豫了片刻,然后无奈地耸耸肩:"是的,主人。"

沉默了一会儿,托勒斯再次开口:"听着,马库斯,如果不是你偷了鹿肉,那么会是谁呢?嗯?"

马库斯心里非常清楚是谁陷害了他。

如果这起阴谋有背后指使者,那一定是弗莱克斯。但是马库斯没有任何证据能用来指控弗莱克斯。毕竟,他们在失窃地点找到的是马库斯的靴子,而且托勒斯还闻到了他口中白酒的气味。因此,大家把他当成小偷,也是情理之中的事情。

目前,马库斯觉得自己唯一能做的就是,咬紧牙关抗住这次惩罚,然后找机会向弗莱克斯复仇。

马库斯沮丧地抬起头,坚定的目光撞上总教官托勒斯询问的目光。

"我不知道是谁干的。我只知道不是我，主人。"

"你这么说，我就别无选择了。"托勒斯直起身子，把如炬的目光转向阿玛特斯："召集所有的奴隶，来现场，见证一下。"

"是，主人。"阿玛特斯松开抓住马库斯胳膊的双手，点了点头，转身匆忙朝奴隶宿舍走去。

马库斯僵硬地站着，直视着托勒斯。只见他把手杖的一头抵在靴子上轻轻敲着。

不一会儿，第一批角斗士列队通过大门，在马库斯面前排成了一行。他们站在那儿等待着指令，看都不看马库斯一眼。

和马库斯一组的男孩学员们跟在角斗士后面进来。他们大多数人都充满了好奇，但是有几个对马库斯的处境充满了担忧。当弗莱克斯和他的弟兄们经过马库斯身边时，他们的脸上露出一丝嘲讽的神情。看到他们的表情，复仇的欲火在马库斯心里熊熊燃烧着。

走在最后的是学校服务队的奴隶们，布雷克萨斯也在其中。他看见马库斯时，一脸惊讶，但是也只能跟着其他奴隶急急忙忙列队站在一旁。

当所有人都陆续到场后,托勒斯深吸了一口气,走到训练操场中间,开口说道:"也许你们有些人还不知道,我召集你们来这里,是为了让你们亲眼见证我们对这个小偷的惩罚。这个男孩昨晚从库房偷了食物,却因为自己的愚笨被抓了。现在是时候让你们见识见识偷窃的后果到底是什么了。今天,这个早晨,就是对你们所有人的警告!"接着,他转向阿玛特斯:"把你的班级带到前面来,在操场中央排成两列纵队!"

听到阿玛特斯的命令,男孩们快步向前跑去,在马库斯面前排成了两列纵队。队尾距离队首大约五十步之远,已经延伸到了操场另一端的栅栏那儿。男孩们两两相对地站着,中间距离有两米左右。等他们排好队伍,阿玛特斯便朝一只柳条筐走去,那里面放着一堆结实的木棒。他从篮子里扛出一堆木棒,抱在胸前,走回了他学生的队伍中。

"每个人拿一根。"他命令道,然后在每个男孩面前停下来,让他们拿一根木棒。弗莱克斯拿到木棒后,举起来凶狠地向空中挥了挥,木棒撞在他面前的沙石地上,发出砰砰的撞击声,然后他看了一眼马库斯,对着马库斯挤眉弄眼。

当人手一根木棒之后,阿玛特斯站在了这支准备对马库斯实施夹道棒刑的队伍末尾。

托勒斯转向马库斯命令道:"脱下你的外衣。"

马库斯面向托勒斯,背对着布雷克萨斯和其他奴隶,伸手从腰部向上拉起外衣的边缘,一直拉过肩膀。接着,托勒斯伸手脱去了马库斯的外套。此时的马库斯只穿着靴子和缠腰布。周围响起一阵轻微的惊叹声,马库斯扫视了一圈,看见布雷克萨斯正睁大眼睛看着自己。

"安静!"托勒斯咆哮道,"手拿木棒的人都给我准备好!我不想看见任何一个人偷懒懈怠。当这个男孩经过你们面前的时候,你们要使出最大的力气狠狠地打下去。如果有谁没能击中,或者打得过轻,那么他就是下一个接受这种惩罚的人。听明白了吗?"他抓住马库斯的肩膀,拖向准备施刑队伍的队首,说道:"我一声令下,你们就开始。"接着,他降低声音,轻声对马库斯说:"要像在地狱里一样狂奔,用手臂保护好头部。不要犹豫,不要倒下。否则,你必死无疑。明白了吗?"

马库斯点点头,身体因为恐惧不停地颤抖着。

"准备好了!我数到三就开始。一!二——"

"住手!"

托勒斯闻声愤怒地转过身去:"谁喊的?"

马库斯转头向身后看去,只见奴隶们都看着布雷克萨斯。

这个年老的厨师紧张地咽了咽口水,向前一步说道:"是我,主人。"

"布雷克萨斯?你胆子真大啊!居然敢干涉这件事!"托勒斯走向厨师,抓着手杖的手紧握成了拳头,脸色如黑夜般漆黑无光,"你这是什么意思?"

布雷克萨斯站起身来,满脸真诚地看着主教官,说道:"这个男孩是无辜的,主人。我了解他。马库斯不是小偷。"

"真的?"托勒斯面目狰狞地问,"你为什么这么肯定?除非你当时在场,并且亲眼看见了小偷。是吗?"

布雷克萨斯看了一眼马库斯,马库斯也正在看着他。

突然,托勒斯将手杖狠狠顶在厨师的肚子上。布雷克萨斯痛得弯下了腰,跪倒在地上。

托勒斯弯下身子,恶狠狠地说:"究竟是什么情况?"

"是——我。"布雷克萨斯喘着粗气,"是我偷了鹿肉。"

听到这里,托勒斯惊呆了:"你说什么?是你?我不信!"

"是真的,主人。"布雷克萨斯气喘吁吁地说,"是我干的。那男孩是无辜的。"

马库斯一脸困惑地摇着头。布雷克萨斯是小偷?他思索着布雷克萨斯为什么要站出来,是真的因为偷窃而内疚?还是为他顶罪?一想到这里,马库斯禁不住打了个寒战,他想布雷克萨斯应该是为自己顶罪才这么说的。

此刻,训练场上一阵寂静,每一个人都盯着他们俩。

托勒斯直起身子,双手叉腰,说道:"好吧,如果真是你干的,为什么现在要承认?你明明可以侥幸逃脱的。嗯?"

布雷克萨斯舒了一口气,抬头说道:"我不会让一个男孩来做我的替罪羊,主人。"

"为什么不?"

"我有我的尊严。我确实是一个奴隶,但是我仍然保持着荣誉感。"

"荣誉?"托勒斯大笑起来,"荣誉!这世上真是无奇不有啊!布雷克萨斯,荣誉是属于自由之人的。没有任何一个奴隶有权享受这样的奢侈品。"

"尽管我是奴隶,但我也是一个人。主人。"

托勒斯向后退了一步。"好吧,那么,站起来。让我们看看你究竟如何用你的荣誉去应付一顿结结实实的殴打。"说着,他转向马库斯:"你,那个男孩!拿上你的外衣,站到一边去!"

马库斯犹豫着,惊讶得挪不动脚步。托勒斯威胁地扬起手杖,马库斯见状一把抓起外衣向奴隶队伍走去,边走边把外衣套回到头上。他听见总教官命令布雷克萨斯脱下外衣,站在施刑队伍的队首。马库斯的脑袋探出衣领,看见布雷克萨斯一瘸一拐地走向男生学员的两支纵队。

托勒斯就站在他身后。等全场完全安静下来之后,只听到他大喊道:"准备!一……二……三!去吧,布雷克萨斯!"

在托勒斯的命令下,布雷克萨斯缩起脑袋,举起手臂护住头部。然后,身体猛地向前一倾,冲到两支纵队中间。当第一对男孩用手中的临时武器击打下去时,马库斯紧张地屏住了呼吸。但是,布雷克萨斯的速度比他们预想的要快很多,以至于男孩们都来不及充分准备好手中的木棒。只见他半蹲着身子快速向前奔跑，一个男孩的木棒刚好打偏，另一个则仅仅擦过布雷克萨斯的肩膀。第二对男孩比第一对准备得充分些，他们的木棒重重地落在布雷克萨斯的后背上，砰的一声响彻整个操场上空。布雷克萨斯忍受着一次又一次的击打，仍然快速向前奔跑，同时左右摇摆着身体躲避来自两边的袭击。

马库斯看着他一步步前进，心提到了嗓子眼。

"加油，布雷克萨斯。你一定能做到。"他喃喃自语着。

这时，布雷克萨斯已经走到了队伍的中间，他拖着跛足尽可能灵活地在队伍中左蹿右跳，使得两边的男孩没能全力击中他的身体。只剩下大约二十步的路程了，但是在靠近队尾处却站着弗莱克斯，他高举着木棒，慢慢地向布雷克萨斯必经的通道上移去。

布雷克萨斯一直低着头，直到最后时刻才感觉到有人挡住了他的去路，他这才猛然发现眼前的危险。但是为时已晚，随着一声胜利的狂呼声，弗莱克斯举起木棒砸了下去，刚好砸在布雷克萨斯头部的一侧。布雷克萨斯双腿一软，跪倒在地上，上身摇晃着，像喝醉了酒一样。弗莱克斯举着木棒,站在这个无助的厨师旁边。

"不!"马库斯发出撕心裂肺的哭喊声,"不……不!"他向前飞奔过去,沿着对角线冲过操场。

弗莱克斯向一旁挪了挪位置,没有看到马库斯正向他冲来。他全神贯注地看着被他打伤的受害者,双手紧握木棒,高举过头顶,准备再次袭击。

马库斯发疯一般冲过操场去救他的朋友。

"嘿,你站住!"托勒斯咆哮道,"你知道自己是往哪儿跑吗?"

马库斯没有理会托勒斯,他所有的注意力都集中在弗莱克斯身上。这个凯尔特人挥舞着木棒,肩部和手臂的肌肉随之紧绷起来,就在他使出全力将木棒向布雷克萨斯再次砸去的那一瞬间,马库斯纵身一跃,发疯似的抓住了这个身材比他高大的男孩的手腕。两个人都大喊一声摔在地上,倒在布雷克萨斯身边。弗莱克斯惊讶地没来得及做出任何反应。这给了马库斯机会,他对着弗莱克斯的肚子狠狠打了几拳,然后反身扭住弗莱克斯。这个凯尔特人侧身倒在地上,气喘吁吁。马库斯迅速翻滚到一边,蹲着身子。此时弗莱克斯仍然无法出击。马库斯再次利用机会,蹿到布雷克萨斯身边。

"起来！加油，布雷克萨斯，站起来！"

布雷克萨斯把头倒向一侧，目光呆滞地看着马库斯："我——我站不起来。"

"你必须站起来！否则就要死在这儿！"马库斯抓住他的手臂，咬紧牙关扶起布雷克萨斯，然后把他的手臂架在自己的肩膀上，挣扎着向前走。前方，是最后一对男孩，是弗莱克斯的小跟班。他们看看自己的头儿，再看看马库斯，不知所措。

此时的马库斯已经完全愤怒了，他恶狠狠地从紧咬着的牙缝中挤出几个字："如果你们胆敢动布雷克萨斯一根毫毛，我发誓一定会杀了你们！"

两个男孩握着手中的木棒，但是没有做出任何动作。马库斯拖着布雷克萨斯步履蹒跚地走了过去，瘫倒在施刑队伍的队尾。他强撑着站起来，挡在布雷克萨斯身前，因为吃力和紧张胸口剧烈地起伏着。

这时，托勒斯大笑着走了过来，一脸愉快地看着马库斯，说道："很好！很好！你骨瘦如柴，肌肉只有寥寥几块，但是上帝啊，你却有着雄狮般的力量和勇气！或许我可以把你培养成一名角斗士，年轻人。"

"不！让我来！"弗莱克斯一边咆哮着，一边挣扎着站起来，一只手伸向掉落在地上的木棒，手指握住了木棒的把手。

但是，托勒斯却抬起脚上的钉靴狠狠地踩在了他的手指上，弗莱克斯发出尖锐的惨叫声。

"放下它，小子！我已经给过你机会了。下一次你最好不要犹豫不决。就把这当作一次教训吧。"

弗莱克斯抬头怒视着托勒斯。

"我说过了，放开那块木板。我可不想再说一遍。"

犹豫了片刻，弗莱克斯松开手，缩了回去。他看着马库斯，自言自语道："你死定了。我发誓，以神的名义！你一定会死在我的手里！"

08 疤 痕

布雷克萨斯挣扎着想从铺盖卷上起身,但因为疼痛,他脸部的肌肉抽搐了一下。他斜靠在医务室的石灰墙上,小心翼翼地喘了半天粗气,以免再次引起那些断裂的肋骨的疼痛。除了身体被衣服包裹得结结实实外,他的一只前臂也用夹板固定了起来,他的皮肤被打伤的地方留下了青紫色伤痕和黑色的疤。

马库斯因为这个厨师为他挨了这顿结结实实的毒打,而感到十分悲痛和害怕。

"进来吧。"布雷克萨斯强挤出一丝笑容,"我看起来没有那么糟糕吧。"

马库斯摇了摇头:"你看起来糟透了。"

"谢谢你。如果我是为了感激你的隐瞒而做了这些,那么下一次我不会再做了。"他假装看起来并不痛苦,然后又微笑了起来,"无论如何,这件事已经发生两天了,并且自那时起我就再也没有看到你。"

"托勒斯让我一直都很忙。他说我应该承担大多数你的工作,直到你康复为止。不训练的时候,我就一直在厨房里面忙。托勒斯一直像一只老鹰一样看守着这个地方。我猜他是想确信我和弗莱克斯之间以后不再出现麻烦。"

"只要有机会。"布雷克萨斯愤怒地哼了一声,"我知道他的脾气。不毁了你的话,弗莱克斯永远都不会停下来。"

"我知道,"马库斯平静地回答道,他清了清嗓子接着说,"不说这些了,你今天感觉怎么样?"

"很痛,不过都结束了,外科医生说没有造成永久的伤害,但是我的胳膊还需要一段时间才能变好。所以你最好努力工作,照顾好我的厨房,小马库斯,否则不仅仅是弗莱克斯想要对付你了。"

布雷克萨斯停顿了一下,然后直直地盯着马库斯:"我知道你站出来救了我,但是那天发生的很多事情,我仍然想不起来。在第一棒打到我身上的时候,我的脑袋就一片混乱了。是托勒斯告诉我那些事的。"

"托勒斯?"马库斯惊讶地问道。

"是的。他已经下了命令让他们好好照顾我。当然他说他这么做仅仅是为了确保波希诺不失去一个奴隶。并且我需要尽快养好伤,然后回到厨房里继续我的工作。但是他并没有骗我。我可以看出他被我们之间的事情感动了。"

"哦?"

"当然。对于我来说就是勇敢,而你却跑过来保护我。托勒斯或许是一个经过磨炼的老练而残忍的人,像很多从军队退伍的军人一样,但是他有一颗公正的心,并且他知道什么是优良的品质。"

马库斯点点头,但是他对托勒斯并不感兴趣。自从布雷克萨斯把他从夹道棒刑的处罚前救下来之后,他的头脑中就只有一个问题,终于他鼓足勇气问出了口:

"为什么你要这么做?为什么救我?"

布雷克萨斯盯着他看了半天,他脸上所有幽默的痕迹都消失了。然后,他微微地耸了耸肩:"我不相信你偷了肉。在所有的可能性中,只有弗莱克斯这个暴徒的可能性最大。

他找到一个方法把责任推到你身上,让你受到处罚,并且可以借此继续提升他在那些男孩中的威信。我不能袖手旁观,不能让这件事发生。马库斯,这就是原因。"

马库斯不是十分确信。他想要相信这个厨师——布雷克萨斯已经用行动证实了他是马库斯在奴隶学校屈指可数的几个可以信任的朋友之一。然而,一个人可以冒着这么大的危险去保护一个仅仅认识几个月的朋友,的确是一件很难让人相信的事情。除非还有其他一些别的原因。但究竟是什么原因呢?

"我将用我的一生来感谢你,布雷克萨斯。"马库斯尴尬地说道,"当时,不仅仅是我的生命处在危险中,我的妈妈也一样。"

"我知道。你和我讲过关于她的事情,讲过你们家的遭遇。"说完,布雷克萨斯陷入沉默之中,他咬着嘴唇,聚精会神地盯着马库斯。然后他指着旁边的石板说:"坐下吧。我想和你谈一些事情。"

马库斯按照他说的,盘腿坐在了石板上。

"这样好多了",布雷克萨斯说,"这样我就不用伸着脖子抬头看你了。现在,马库斯,我要问你一些问题。"

"什么问题？"

"关于你的家庭……关于你肩膀上的那个记号。"

马库斯吃惊地扬起眉毛，问道："你的意思是那个疤痕？"

"疤痕？嗯，它或许应该叫作疤痕。"

"你怎么知道它的？"

"我看见的，托勒斯让你在夹道棒刑前脱掉外套时，我看到的。"布雷克萨斯解释道，"你什么时候有的这个疤痕？"

马库斯耸耸肩："从我记事的时候开始，它就一直在那里。"

"我知道了。你知道它是怎么形成的吗？"

马库斯摇摇头："那应该是在我还是一个婴儿的时候发生的事情。为什么你要问这个？"

"仅仅是出于好奇。"布雷克萨斯抿了一下嘴，然后继续说，"你介不介意我再看一下它？"

马库斯被这个请求搞糊涂了："这个伤疤很特别吗？"

"让我看一看它。"

这个男人的眼中闪过一丝奇怪的光，这令马库斯感到紧张。他犹豫了一会儿，然后耸了耸肩膀，将外衣脱掉，露出肩膀上那块起皱的伤疤。马库斯对这个疤痕很陌生，因为他从来不可能自己看到它，他只是曾用手指摸过它特殊的形状。他侧过身将自己的肩膀露出来给布雷克萨斯看。

这个厨师静静地盯着这个疤痕，然后他咳嗽了起来："谢谢你！"

马库斯将大衣拉起来穿好，然后转过身面对着这个男人。

布雷克萨斯正带着一种激动的表情看着他："你知道在你肩膀上的标记是什么吗？"

"不知道。我从来不能完整地看到它。"

"它不是一个疤痕，马库斯，也不是胎记。它是烙印。正好和我两天前第一次看到它的时候想象得一样。"

"烙印？"马库斯被这个说法吓得有些颤抖起来，"为什么有人会在我还是一个婴儿的时候给我烙上印记呢？不管怎样，它是一个什么样子的烙印呢？"

"一个狼头，被一把尖刀刺穿狼头。"

马库斯忍不住笑了一声："它这是想要说明什么啊？"

"目前，我也说不准。"布雷克萨斯轻轻地回答道。他扫视了一眼男孩的肩膀,看向卧室的门口,然后他继续用很低的声音,几乎就像窃窃私语一般说道:"再和我讲讲你的家庭吧。你说你的父亲曾经是一名百夫长。"

"是的。"

"那你的妈妈呢?她是从哪里来的?她是怎样遇到你的爸爸的?"

"她是一个奴隶,"马库斯回答道,"她被牵扯进了斯巴达克斯领导的奴隶起义中,当起义军被打败之后,她就被我的父亲带了回来。他给了她自由然后娶了她。"

"然后你就出生了,"布雷克萨斯沉思着说,"告诉我,你妈妈长什么样儿?和我描述一下她。"

当马库斯聚精会神并且满是悲伤地回忆母亲的样子时,布雷克萨斯一直仔细地倾听着,并时不时地点点头鼓励他继续往下说。

马库斯说完之后,布雷克萨斯皱了皱眉,摇着头,喃喃自语道:"她一定随身带着那块烙铁。"

马库斯侧身靠近他:"你说什么?你说的没有任何意义。布雷克萨斯,告诉我到底发生了什么?告诉我!"

"我……我也不太确定,马库斯。自从看到你肩膀的烙印之后,我就一直被这件事困扰着。它也许意味着什么事,也许不是。找到证据之前,我不能再告诉你更多事情了。那么,我只能告诉你我知道的事情。你必须确定不把这些事告诉任何人。"他紧紧地抓住马库斯的手腕,然后把他拉到身边,"不能对任何人说一个字,你明白吗?"

"为什么?是什么样的秘密?"马库斯失望地问道,"你对我隐瞒了什么事情?"

"你最好不要知道这件事情,至少现在不要。"布雷克萨斯松开了他的手腕,带着痛苦的表情退回到墙边,然后突然喘了一阵粗气。他朝着门边摆了摆手:"我现在累了,我需要休息。我敢打赌托勒斯现在正等着你回到厨房干活呢。如果你不想被打,现在最好回去。"

"不,"马库斯坚定地说,"告诉我你都知道什么!"

布雷克萨斯摇了摇头:"现在说太早了,而且也非常危险。我会在时机成熟的时候告诉你我所知道的事情。相信我。现在赶紧走吧!"他伸出手,用力把马库斯向门边推,他非常用力以至于身体晃了一下才保持住平衡。

带着不满,马库斯站起身生气地将手攥成拳头。布雷克萨斯将他的脸转向一边不再说话。

马库斯满心失望地离开小屋，大步走出医务室，然后急急忙忙地朝着厨房跑去……

农神节那天，天气寒冷、多风。那天，风雨交加，袭向角斗士学校，雨滴拍打着瓷砖，发出嘎吱嘎吱的声音，风在围墙边咆哮着。奴隶们、训练教官们、文书们，甚至是波希诺本人都到最大的营房街区集合了。

这天，角斗士老板波希诺决定不考虑年龄，同时款待所有的奴隶。桌子和凳子都被从厨房里搬出来，摆得和楼房等长。当奴隶们都找到位置坐好以后，波希诺和那些自由人端着盛满食物和饮品的托盘走进来。这天是第一次没有训练的日子，这些男人和男孩们高兴地看着放在他们眼前的食物：新鲜的大块烤面包，大块的熏肉，成瓶的鱼露和浓浓的五香味的香肠……

马库斯坐在派利尼斯的旁边。他们的对面坐着弗莱斯和斯巴达人。弗莱斯向前倾斜着身子抓了一片烤面包，咬了一大块，大口大口地嚼了起来。

"随便吃吧，我的朋友们。"派利尼斯笑着说道，"尽情吃吧，你的同伴是不会留情为你留下食物的！"

"太对了。"弗莱斯吐着嘴里的面包屑含糊地嘟囔道,"嗯,这里面加了芝麻。"

在他旁边的斯巴达人掸掉落在自己外套袖子上的面包屑,然后伸手拿了最小的一根香肠,咬掉它的末端,故意漠不关心地吃着。

马库斯等到男人们都把他们的木盘子装满了之后,才开始尝试着给自己拿了几块肉。派利尼斯轻轻地推了推他,提醒他说:"在农神节这天没有进食顺序,尽情地吃吧。"

马库斯正吃着,弗莱斯向桌子这边倾斜过来匆忙地吞咽下食物,然后说:"那个厨师怎么样了?我听说你去看过他。"

"布雷克萨斯康复得很好。现在可以随时回到他的岗位上去。"

"那就好,"斯巴达人说道,"他几乎是所有奴隶中唯一一个会做饭的。"

马库斯涨红了脸:"其他的男孩和我已经尽我们所能了。"

斯巴达人耸耸肩膀:"好吧,我希望你最好学习如何打仗而不是怎么做饭,年轻的小马库斯。如果你想要更好地在这里生存下来的话。"

"这个,别理他,"派利尼斯说,"好好地享受这一天吧。"

马库斯愉快地点点头。此刻,他忘记了自己身上发生的所有事情,尽情地享受着和这三个伙伴在一起的舒适感,他已经渐渐地把他们当作自己的兄长一般尊敬。不,不是兄长,他对自己说,更像是叔叔一样。

"啊,酒来了。"派利尼斯朝着门边点了点头,马库斯看到那些训练教官们都回到了营房,他们拿来了许多罐酒,并且带来了许多篮子,篮子里装满了木质的酒杯。托勒斯走近他们,在桌子上的铁架里面放了一罐酒,然后在连续的叩击声中放下了四个杯子。

那个斯巴达人讽刺地议论道:"这个服务生看起来太粗暴了。"

"尽量多吃一些,"托勒斯嘟囔道,"明天你们又都是我的了。"

当这个训练长官继续往前走的时候,马库斯和其他三个人互相使了个眼色,然后他们都开始笑了起来。

这次宴会持续了整整一天,到了晚上,当宴会剩下的残杯冷炙被收拾干净之后，桌子被推到一边，波希诺引导着剧团的演艺人员来到了营房。火把被点燃，放到了墙上的支架上，借着它们的光亮演艺人员表演了一些杂技，然后开始表演保留节目——一些未经加工的哑剧。这个时候大多数角斗士都喝多了，他们适时地发出一些异常兴奋的笑声。马库斯仅仅喝了一杯酒，感到舒舒服服、晕晕乎乎的，他背靠着墙看着表演，眼睛模模糊糊的，脸上带着微笑。但是当他想到明天早上就要回到艰苦的训练场地上，在阿玛特斯的管理下辛苦地训练，他的情绪很快就又变得阴暗起来。

当表演者完成了他们的演出离开营房后，波希诺爬到屋子后面的一个桌子上面，然后举起他的手来吸引大家的注意："安静！安静一下！"

闲谈的声音慢慢地消失了，所有的眼睛都转过来盯着这位角斗士学校的主人。等到一切都安静下来，所有人都将注意力转移到他的身上时，波希诺吸了一口气，开始向他们致辞：

"角斗士们，你们已经在农神节这天好好庆祝了一番。我很高兴可以用这种方式来奖励你们在训练过程中所付出的努力。我从来没有引入过像你们这么好的男人和男孩。你们是我的角斗士学校的荣誉，你们也是在你们之前走的那些勇士们的荣誉。角斗士们，我向你们致敬！"

马库斯周围所有的男人和男孩都欢呼了起来。除了斯巴达人，他看着他的奴隶伙伴们，脸上带着些许鄙视的神情。欢呼声渐渐地消失了，然后波希诺继续往下说：

"和我以前训练过的那些角斗士相比，你们强壮的身体的确非常适合做战士。在一段时间内，我都会以你们为荣，罗马政党也会为我们而感到荣幸。我希望那些被选中的人可以好好地去战斗，以此来支撑我们的荣誉。对于那些优秀的角斗士，我可以告诉你们，在罗马有很多的名望和财产在等着你们。确切地说，一旦罗马贵族看到了你们的表现，他们会带你们到他们的朋友面前，甚至到这个世界上最伟大的城市去展示和炫耀。好好想想这些，我的角斗士们！用你们的全身心和你们学到的所有技能一起回答我！"

营房里的一小撮男人慢慢地欢呼了起来，他们已经喝得太多了以至于没有完全理解主人的话。而清醒着的大多数人，可以完全理解波希诺演讲的含义。

马库斯向四周扫视了一圈，他感觉到了周围气氛的转变。狂欢的情绪已经从营房里消失了，感觉就像有一个寒冷而阴暗的影子投到了屋子里。派利尼斯把酒杯从嘴边拿下来,然后痛苦地咒骂了一句,把酒杯扔到了一边。

"我祝你们晚安!"波希诺喊了起来。当他要从桌子上爬下来的时候,营房的门开了,一个哨兵走了进来,紧紧地握着他的枪,他在角斗士老板面前停下来,然后低下头。

"报告主人,一个奴隶跑掉了。"

"跑了?"

守卫紧张地说道:"逃跑了,主人。"

整个营房顿时安静下来,男人和男孩们都侧耳倾听着,想要听到他们说的话。

波希诺盯着这个刚刚进来的人,问道:"逃跑了?怎么跑的?他们所有的人今天晚上都应该在这里。这个逃跑的人是怎么逃过守卫的?"

"主人,那个奴隶不在这里。他在医务室里。"

马库斯感到自己的心脏跳得非常厉害。

"他是哪个奴隶?他叫什么名字?"

"布雷克萨斯,先生。"

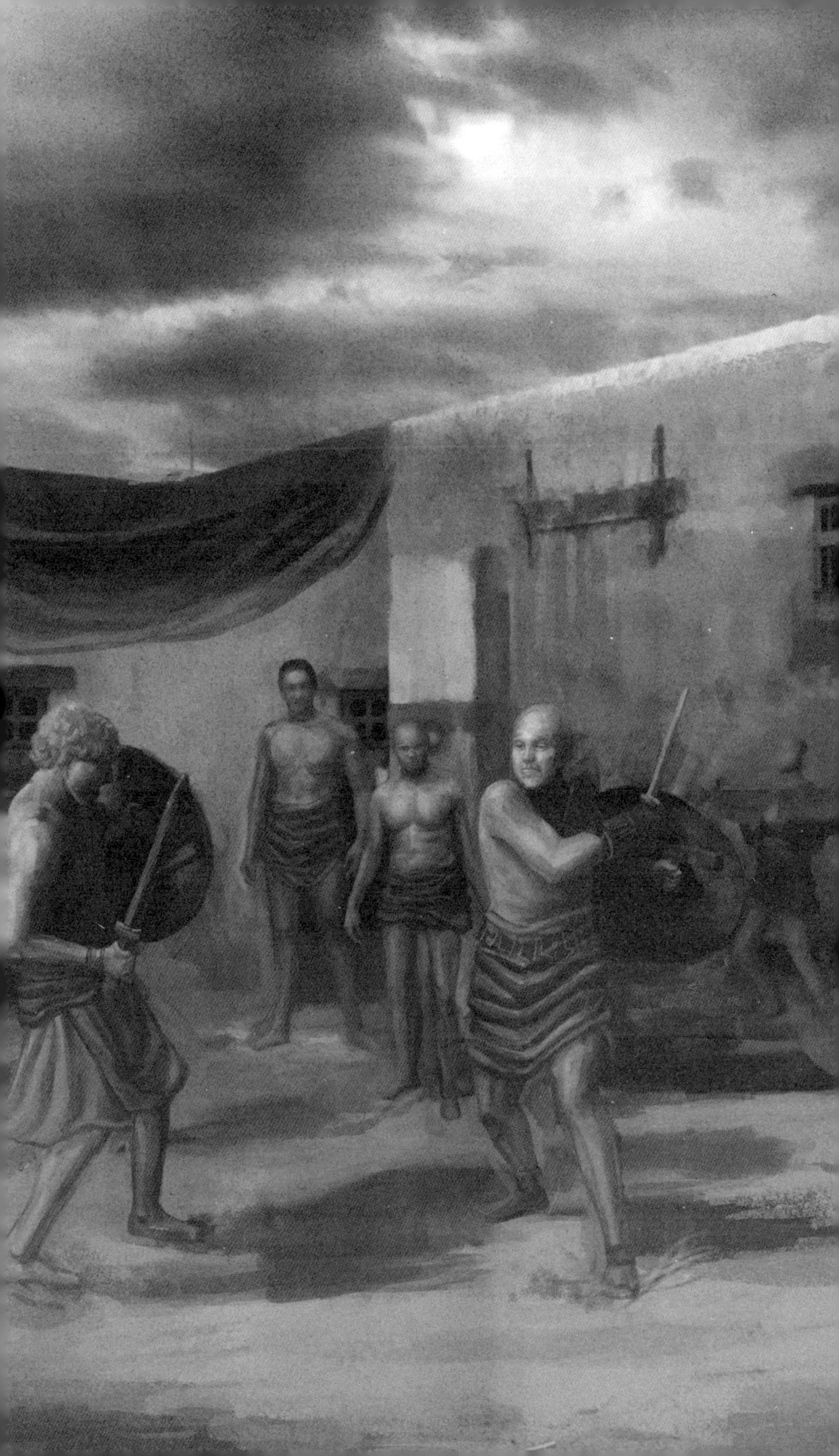

09 对战

波希诺立刻下达命令,让护卫和教官去寻找布雷克萨斯。奴隶们则被锁在了宿舍里。

马库斯急忙跑到通风口的狭缝中,爬上板凳向外面望去,只见火把的光芒在凛冽的寒风中摇曳,一群黑色的身影在一幢幢楼房间搜寻着布雷克萨斯留下的蛛丝马迹。波希诺和托勒斯的指挥声在空气中回荡。

"农神节就到此为止了。"一个声音在马库斯身边嘟囔着。马库斯转身看见斯巴达人就在自己旁边,和他一起看着外面。斯巴达人继续说道:"多么可笑啊,我们的主人一发现财产受到威胁,善心就消失得一干二净。我们又被关进监狱了。噢,好吧。"说着,他幽默地笑了。

这时，一群男人匆匆忙忙地走过墙边。马库斯的视线又回到通风口的狭缝中。听到布雷克萨斯逃跑的消息时，他震惊极了。他的厨师朋友丝毫没有透露过自己的计划，这让马库斯觉得自己没有得到充分的信任，他为此感到伤心。同时，他也因为错过了和布雷克萨斯一起逃跑的机会而感到愤怒。不然，他早就在寻找庞培将军的路上了，而不是和其他奴隶一起沉溺在农神节的盛宴中。

"你觉得他会逃跑成功吗？"马库斯问道。

"我怎么知道。"斯巴达人耸耸肩膀，"我看到的不比你多。但是，我觉得，布雷克萨斯的举动是愚蠢的。"

"为什么这么说？"

"为什么？你要知道，他是个瘸子。就算他顺利翻墙出去了，他的脚步也不会快于后面的追捕者。他唯一能指望的就是雨水会冲刷掉他留下的足迹，不然他的跛足一定会出卖他。"斯巴达人沉默了一会儿，然后啧啧地继续说道，"如果明天傍晚他们还没有抓住他，我倒是要感到惊讶了。"

"如果他被抓住，波希诺一定会惩罚他吧？"马库斯问道。

"是的。"

许久,他们两个人都看着屋外漆黑的夜色,然后马库斯清了清喉咙说道:"你觉得波希诺会怎么惩罚他?"

"他可能会杀一儆百,让我们从此打消逃跑的念头。不过,他也会权衡布雷克萨斯的价值。对我们的主人而言,这是个进退两难的选择。他要在整顿纪律和对财富的贪婪之间挣扎、权衡。"

"如果整顿纪律的念头占了上风,会怎么样?"

斯巴达人转向马库斯说道:"那么,波希诺会当着我们的面把他钉在十字架上,然后任其死去。还会把尸体放在那儿一段时间,确保我们从中吸取了教训。"

听到这儿,马库斯感到浑身冰冷:"你真的这么认为?"

斯巴达人点点头,然后打着哈欠离开了通风口:"伙计,我们对此毫无办法。你最好早点儿休息,明天一早还要训练呢。"

马库斯看了看他,点点头,但是他仍然站在通风口看着外面。学校里的搜寻人员结束了搜寻任务。波希诺命令他们开始向校外搜寻。

斯巴达人活动了一下肩关节,一边走回小隔间,一边嘟嚷着对马库斯说："无论如何，农神节快乐，小家伙！"

马库斯没有做出回应。此时，他满脑子都在想他的厨师朋友如果被抓获将面临怎样的境况，压根儿没听见斯巴达人的祝福。

接下来的几天，马库斯一直生活在惊恐和担忧中，他害怕听到布雷克萨斯被抓住的消息。和其他男孩一样，他日复一日地训练着。冬天的清晨，他们冒着严寒瑟瑟发抖地起床，然后去厨房干活。干完活，就在阿玛特斯的带领下去操场训练。

新的一年来临了，阿玛特斯传授学生们新的剑术并让他们对着木桩训练，直到他满意，才进入下一阶段的学习。

那是一个寒冷、萧瑟的早晨，马库斯和其他人一样拿起训练武器排成两队，等待阿玛特斯开始一天的课程。

阿玛特斯站在学生们面前，用尖锐的目光检视着每一个奴隶，然后开口说道："今天，你们的训练将第一次被检验。你们现在比刚到学校时更健康、更坚韧，也更强壮了。同时，你们也学习了如何使用剑和盾牌。但是，对着木桩训练是一回事，和真正的对手面对面打斗是另一回事，两者截然不同。从现在起，真人格斗就是你们要训练的内容了。"

马库斯心跳加速。站在他两边的男孩既兴奋又焦虑地叽叽喳喳起来。

"今天,你们要和同伴们互相较量。规则很简单。我一声令下,你们就开始格斗;我一喊'停',你们就停止格斗。我希望你们都拿出看家本领,真打实斗,就好像为自己的生命战斗一样,因为终有一天你们要面对这样的生死决战。你们的心慈手软对自己不会有任何好处。我知道你们有些人是好朋友,但是请记住:角斗士绝不会拥有真正的朋友,一个让你愿意为之牺牲的朋友。这不是一个角斗士应该关心的事情。今天,你口中的朋友,很可能就是明天在竞技场上和你厮杀的敌人。那么,你的友谊会给你带来什么呢?只有死亡!"他停了下来,好让学生们消化这番残酷的言论。

不一会儿,他继续说道:"好了,接下来我亲自来示范应该袭击敌人的哪些部位。弗莱克斯!"

"到!先生!"

"向前一步,站在这里!"阿玛特斯指着学生面前的一块空地说道。接着,他让弗莱克斯转身面对其他学生,"你们都看仔细了!放下盾牌,弗莱克斯。"

凯尔特人听到命令后,迅速放下盾牌,毫无防护地静静站着。

阿玛特斯敏捷地举起手中训练用的木剑,指向弗莱克斯的脸,吓得他直向后退。

"向这个位置刺去,如果刺穿头盖骨,你就有可能将敌人置于死地,至少也会让他残废。但是,这一击并不容易。不过你可以利用它分散对方的注意力,然后趁其不备朝其他部位刺去。"他降低了剑的高度,"比如喉咙。一记精准的推刺就能置对方于死地。再往下,就是胸部。不过最好避开这个部位,因为敌人们大多身穿盔甲或者手握盾牌,有些两者兼而有之。如果你想用剑击穿对方的肋骨继而刺穿心脏的话,你必须靠得非常近,并且让你的刀刃一举刺穿对方胸部直达心脏,最好是再向下一些。正如生意场上的俗话,想要抓住一个人的心,就必须抓住他的胃。对这个部位的有力一击能够成功伤害到某个目标器官,或者,如果你把剑狠狠地从对方肚子里拔出来,他的内脏就会随之流出。"

接着,阿玛特斯用剑梢轻拍着弗莱克斯的大腿和手臂,说道:"四肢是很好的袭击目标。你们要尽量刺中对方的肌腱,使对方残废。尽管他们不会因此而致命,但至少不能像原来一样快速移动或者进攻。那么,你就能获得机会趁机击败他。"说完,他放下剑,继续讲解,"至于怎么从背后袭击敌人,就完全没必要说了,因为任何一个称职的角斗士都不会落荒而逃。如果他真的那么做了,就等同于输掉了这场战斗。你们都明白了吗?"

"是的,先生!"男孩们大声回答道。

尽管马库斯早已被阿玛特斯的冷血指导弄得心神不宁,但他还是和其他男孩一样高声回答着。

这是他们第一次被如此直接地告知他们长时间艰苦训练的真正目的所在。将来,他们可能不得不和曾经一起训练的同伴们在竞技场上互相厮杀。马库斯很好奇其他男孩对于这件事有什么反应。他向两边瞥了一眼,发现男孩们神情坚定地和同伴简短地交换了眼神。

"很好。"阿玛特斯朝弗莱克斯点点头,"回到你的位置上去吧。"

弗莱克斯回到了队伍中。接着,阿玛特斯指着一排木桩说道:"我一下命令,你们就跑到那儿等着。我每次叫两个人出来,剩下的就在旁边观战,从场上学员的失误中吸取教训。去吧!"

男孩们拿起盾牌,快速走向木桩。

等他们全都站定后,阿玛特斯指着一个努比亚男孩,说道:"你!"然后指着弗莱克斯的一个伙伴———一个体格魁梧、脸上长满雀斑的凯尔特人,说道:"还有你!都向前一步。"

两个男孩犹豫着慢吞吞地从队伍中走出来。

阿玛特斯拍着双手喊道:"快点儿!站到这里来,分开十步的距离,面对面站好!"

两个男孩向前走去,站在了各自的位置上。

然后阿玛特斯向旁边挪了挪,举起手中的剑,喊道:"预备!"

男孩们蹲下身子,向侧前方举起盾牌和剑。

"开始!"

随着阿玛特斯一声令下,两个男孩互相逼近对方,然后在即将触及对方身体的时候停了下来,彼此都在估量着对方的实力。

只见凯尔特人先声夺人,大喊一声向前冲去。努比亚人敏捷地向旁边一躲,把对方的剑挡向一侧。接着,两个人都向后退了几步。过了一会儿,凯尔特人再次发起攻击。他向前冲去,对着努比亚男孩的盾牌连续击打。努比亚人抵御着一次又一次击打,坚守阵地。接着,就在对方退回去平缓呼吸的时候,努比亚人开始反击了。他猛烈地击打着对方持剑的手臂,这次近乎狂暴的击打,几乎让凯尔特人的手臂失去知觉,手中的剑差点脱落,他痛苦地惊叫起来。努比亚人乘胜追击,对准凯尔特人的膝盖刺去,然后猛地向前撞去,把整个人的重量都撞向对方,同时用盾牌护着自己的身体。凯尔特人被撞得节节后退,跌跌撞撞地晃悠着,最后重重地倒在地上,四脚朝天,气喘吁吁。

努比亚人向前一跳,露出胜利的笑容。他跨腿踏在敌人身上,高举手中的剑,看向阿玛特斯,等待他宣布自己的胜利。

倒在地上的凯尔特人抓住机会,一脚踹向努比亚人的腹部。伴随着凄厉的惨叫声,努比亚人蜷起身子,跌跌撞撞地向一边倒去。凯尔特人挣扎着爬起来,对着敌人的头部狠狠地拳打脚踢,直到对方膝盖一软,跪倒在地上。

凯尔特人抓起木剑,一把劈落对方手中的武器。他看也不看教官一眼,对着努比亚人的头部猛地击打,打得对方四肢瘫软,双眼无神。

就在他准备再次进攻时,阿玛特斯终于发话了:

"住手!"

凯尔特人退了回去。

阿玛特斯看都不看倒在地上的努比亚人,瞪着他的学生们说:"教训一,只有确定对手被击倒且无还击之力时,战斗才算结束。"说完,他转向凯尔特人说道:"把他拉起来,回到那边去。下一对,佩特罗尼乌斯和德谟克利特。"

这次对战持续了一个小时。

马库斯全神贯注地观战,默默记下他们的失误以及取胜的关键。他焦急地等待着自己的名字被点到,尤其是在发现弗莱克斯也还没被点名的时候,他的心情越来越焦虑。

男孩们一对接一对地完成了对战。

突然,操场的大门打开了,进来两个男人:一个是波希诺,另一个是陌生人,他穿着一件带有刺绣镶边的红色束身外衣,脚蹬一双精致的及膝皮靴。

一看见他们,阿玛特斯就命令学生们立正站好,并弯腰鞠躬。

"这是阿玛特斯。"波希诺随意地指了指这位教官,"正如您看见的,他负责训练少年班,阁下。"

听见老板不同寻常的说话语调,马库斯竖起了耳朵。很明显,他身边的人一定是个大人物。

陌生人说道:"啊,很好!正在进行武器训练啊。这正是我想看的。这让我有机会为朋友的晚宴买几个好的角斗士。请叫他们继续。我们就坐在那张凳子上观看吧。"

波希诺点点头:"听从您的吩咐。我叫人送些点心来吧。"

"现在不用。等我们讨论细节的时候再要吧。"

波希诺对阿玛特斯点头示意:"继续。"

在两个观众的观看下,对战继续着。

阿玛特斯密切注视着学生们,一会儿威胁他们如果格斗时慢一拍就要挨打,一会儿大声指导场上的学生如何格斗,或者在其中一方明显被击败时站到场内结束双方的战斗。最后,只剩下四个学生了。阿玛特斯喊了两个名字,剩下的马库斯和弗莱克斯将作为最后一对选手。

马库斯心跳加速。他瞥了一眼弗莱克斯,对方正得意地笑着。

"哦,我会好好享受这次战斗的。"弗莱克斯轻声对马库斯说,"你要知道,我绝不会对你心慈手软,我的朋友。"

马库斯紧张得咽了咽口水，转过身，握紧了手中的木剑和柳条编织而成的盾牌。他看着场内的对决，却没有心思理会任何细节，仿佛场上这对选手仅仅是两个围着对方跳舞的人影而已。他飞速转动着脑子，努力回忆着所有学过的格斗技巧以及自己对弗莱克斯的了解。他必须想出制服对方的方式。他必须要有一个计划。

"停！"

马库斯惊讶地发现这一场格斗已经结束了。获胜的男孩帮助另一个男孩站了起来，两个人走入了已经结束格斗的男孩队伍当中。

"最后一对！"阿玛特斯招呼着他们俩。

马库斯咽了咽口水，大步向前走到了自己的位置上，转身面对弗莱克斯。他尽量让自己看起来比较平静且无所畏惧。

"你们等这场战斗等很久了吧？"阿玛特斯用调侃的口吻说道，"那么就让大家看看你们究竟有几斤几两吧！嗯？"接着，他降低音量继续说道，"我知道你们互相憎恶对方，但是在格斗场上要有所节制，当我叫你们停下的时候，你们必须立刻就停。否则，我将狠狠揍你们一顿。预备！"

马库斯蹲下身子,眼睛死死地盯着对手,心像打鼓一样怦怦直跳,所有的神经都极度紧绷着。

弗莱克斯的脸上没有丝毫微笑,他面无表情地瞪着马库斯。

"开始!"

伴随着一声尖锐、刺耳的咆哮声,马库斯冲上前去。弗莱克斯惊讶得瞪大了眼睛。在最后一刻,他慌忙举起了盾牌,两个人重重地撞在一起。马库斯举剑刺去,刺穿了弗莱克斯的盾牌,擦着对方的肩膀过去。弗莱克斯痛苦地呻吟着,迅速往后退避,拉大两人之间的距离,这样他就能够更灵活有效地使用手中的剑了。此刻,他成功抵挡住了马库斯的袭击。在一阵激烈的木剑撞击声后,两把剑分开了,两个男孩停下来警惕地盯着对方。

和前面的对战不一样,这一次阿玛特斯并没有敦促他们逼近对方,而仅仅是密切观战。其他男孩安静地站在一旁,迫不及待想看看这两个死敌在这场公开对决中究竟会如何展现自己。

场上的激烈战况也吸引了波希诺和他的客人,他们都向前探着身子认真地观看着。

弗莱克斯举起剑向马库斯靠近。突然，他猛地将脚下的沙石踢向马库斯的方向，沙石刺痛了马库斯的脖子和下巴，他本能地不停眨着眼睛。弗莱克斯见状，一边发出震耳欲聋的咆哮声，一边向前一跃，野蛮地用剑刺向马库斯左手举起的盾牌。弗莱克斯的每一次发力都逼得马库斯节节败退。

马库斯忍着手臂处传来的疼痛，全力抵挡着弗莱克斯对他头部的袭击。接着，他单膝跪地，高举盾牌，用剑直刺凯尔特人的大腿。这一刺正中要害。弗莱克斯又咆哮起来——这次是因为疼痛——并且向前冲去，把马库斯逼得直向后退。马库斯试图把靴子扎入沙石地中以稳住身体，但是弗莱克斯的力气大得难以抵抗，马库斯被迫向后撤。

意识到自己处于上风并即将胜利，弗莱克斯继续向前压去，拼尽全力对准马库斯砍去。接着，他剑锋一转，木剑沿着马库斯的盾牌外围扫去，重重地击在马库斯的左臂上。这一击几乎让马库斯的左臂失去知觉，他握着盾牌的手刹那间松开了些。紧接其后的连续两次击打最终让马库斯松开了手指，盾牌从手中滑落。为了不被弗莱克斯再次击中，马库斯迅速向后撤退，同时身子下蹲做好防护准备。

弗莱克斯得意扬扬地咆哮道："好了！让我来结束这场

战斗吧！"他一步一步地靠近马库斯，举起盾牌准备狠狠拍下去。

那一瞬间，马库斯几乎没有时间思考，但是随着弗莱克斯的逼近，他深吸一口气，先发制人地向前扑去。在撞上敌人之前的最后一刻，马库斯突然弯下身子向前滚去，脑袋刚好擦过敌人的武器。作为回击，马库斯对准弗莱克斯的脚踝砍去。

弗莱克斯痛苦地咆哮着，脚步戛然而止。马库斯受伤的手臂因为受到撞击而越发疼痛了。弗莱克斯试图用受伤的脚踝支撑身体，但是受伤的脚踝一承受压力，他便痛得咬牙切齿，最后不得不立刻缩回脚。

马库斯围着敌人快速转圈，逼得对方不得不忍着脚痛跟着一起转圈以防备袭击。身材相对瘦小一些的马库斯此时占了上风，他快速移动步伐，一会儿向内靠近敌人把剑刺向对方，一会儿向外退到敌人的攻击范围之外。

"我会抓住你的！"弗莱克斯怒吼着，"而且我要把你大卸八块！"

马库斯围着敌人移动，逼得弗莱克斯一直用受伤的脚踝支撑身体。终于，弗莱克斯体力不支，膝盖着地瘫倒在地上，但他仍然举着盾牌，竭尽全力阻挡马库斯的进攻。

当意识到无法突破敌人的防御时，马库斯向后退了五步，慢慢地绕着敌人走。他发现，尽管弗莱克斯已经无法主动发起进攻，但是他自己也无法靠近弗莱克斯，发出致命一击。

"平局！"阿玛特斯宣布道，"停！"

"不！"弗莱克斯大喊道，"我能了结他！我们要继续一决高下！"

"正合我意。"马库斯冷静地回答道。

阿玛特斯上前几步站在两人中间，怒容满面地说："你们居然敢违抗我的命令！我会让你们为此好好挨一顿揍的。住手！我说过了。立刻住手！"

马库斯像是没有听见阿玛特斯的命令一样，向前跳去，向弗莱克斯的一侧刺去。弗莱克斯再次用盾牌挡住了袭击，他拼尽全力向马库斯的胫骨砍去，马库斯向后一退，成功躲过了对方的进攻。

"住手！"阿玛特斯用尽全力大声喊道。

这一次，马库斯不情愿地后退到安全区域，放下了手中的剑。

阿玛特斯气势汹汹地走向马库斯，一把夺过他手中的剑，然后转身对弗莱克斯说道："放下你的武器。你们将面临有史以来最严重的惩罚。我说到做到！我会把你们俩都揍得鼻青脸肿。就在这儿！就是现在！真该死！"

"够了！"波希诺和他的客人走上前来打断了阿玛特斯，"随他们去吧，阿玛特斯。"

听到主人的命令，教官闭紧嘴巴，竭力抑制住心中的怒火，毕恭毕敬地鞠了一躬，然后退下了。

马库斯站在那儿，胸口剧烈起伏着，血液在血管中汩汩流动，双手紧握成了拳头。

"神啊。"波希诺的客人惊叹道，"毫无疑问，这个男孩的脾气真是暴躁啊。他和对面这个小公牛一样强壮的男孩真是绝配。哦，是的！他们一定会有很好的表现。"他转身对波希诺说："我就要他们俩。"

"他们？"波希诺一脸惊讶，轻蔑地对着马库斯和弗莱克斯摆摆手，"为什么？他们连训练都没结束呢，大人。"

"虽然他们的格斗技巧稚嫩、粗糙，但是他们具有另外一种特质，那就是对对方的憎恨。这种憎恨与生俱来，并且是致命的。我看得一清二楚。是的。他们会有出色的表现，他们会为维罗尼斯的儿子做一场精彩的表演。"

波希诺再次开口反对，但是被对方打断。

"当然了，我代表我的朋友，会为他们付出可观的价钱。"

波希诺快速算了一笔账，然后微笑道："我不得不说你的眼光非常不错，挑选了这两个孩子。他们是我很长一段时间以来最有价值的新人。作为未来的角斗士，他们的前途一片光明。如果他们不得不被转卖出去，那真是我的一大损失啊。"

"那我们就去你的办公室好好谈谈这笔生意吧，到时候你开一个好价钱。"

波希诺点点头，指着操场大门说道："请您先走一步，尊敬的马库斯·安东尼斯。我和他们的教官简短地说几句。"

"好的。"对方脸上闪过一丝失望，"但是请快点儿。"说完，他转身慢悠悠地向大门走去。

波希诺走近阿玛特斯说道："以后你单独训练他们两个，然后为其余的学员安排一个新的教官。我希望你全力以赴教授这两个孩子，让他们尽可能发挥自己的潜能。他们必须在五天之后准备好再次格斗。"

"是的，主人。"

波希诺转身审视着马库斯和弗莱克斯，神情哀伤。但是随即，哀伤的表情渐渐消退，他冷酷地说道："把他们和其他被选中的学员安排在一起。"

"是的，主人。这两个孩子需要一场真正的战斗。他们是被选去做格斗表演吗，主人？"

波希诺摇摇头。

"那么是看谁最先让对手见血？"

"不是。"波希诺耸耸肩，"我的顾客想要一场特别的娱乐活动。他代表罗马某个大人物而来，对方想办一场家庭生日宴会。总之，是最奢华的娱乐活动。如果这两个孩子站上了竞技场，那将会是一场生死较量。"

10 少年斗士

对于罗马来的客人，波希诺自然是精心准备，盛情款待。他准备了精致的餐具、红酒和本地最好的食物，还雇用了赫库兰尼姆的一个红酒富商家厨艺最好的厨子，来为客人们准备晚宴。

角斗士学校的竞技场边上有一个看台，在那里观众可以尽览铺着鹅卵石沙地。在客人到来之前，波希诺的奴隶们已经重新粉刷了所有木制品，并在看台顶架上罩上山羊皮来遮雨。波希诺别墅里最好的沙发也被小心翼翼地搬到看台，略呈弧形，摆放在正对着沙地的位置。餐桌放到了沙发前，沙发已用精致的毛毯和坐垫盖好。为了让客人暖和些，火炉也已装好。

马库斯每天晨练行进到竞技场的时候，总能在赛场的引导路上看到一些奴隶在忙着做准备工作。一旦有观众选定两个男孩搏斗并付费，他们马上就会和其他奴隶分开，被安排到守卫区的一小片单间区。那些单间是为备战的奴隶准备的。他们的食物也是精心烹制、用来强壮身体的：肉块汤、煮鸡蛋、用大蒜腌制的火腿和掺水的葡萄酒。食物很美味，但是马库斯却没有胃口，只能勉强自己多吃，机械地满口咀嚼却食不知味。他满脑子都是恐惧，而且与日俱增。

不训练的时候，那些被选作娱乐罗马人的男人和男孩们也和其他角斗士分开居住。在单间里，不允许聊天，每个角斗士都必须在精神上做好准备，忘记他以前的同伴，集中精力去赢，去生存。

每天早上，马库斯都被阿玛特斯叫醒，从单间带到竞技场进行单兵训练，练习在搏斗中要用到的武器。波希诺的顾客已经定好让他们身着钉皮甲，用短剑和一种叫作小圆盾的小盾牌进行搏斗。马库斯觉得铠甲很重而且穿起来很不舒服，他花了很长时间才适应。阿玛特斯则特别用心训练马库斯的用剑技巧，还特意增加了很多新的攻防技巧训练。

另一个教练负责训练弗莱克斯，让他适应训练场。中午的时候，两组人交换场地，马库斯按指令放下剑和盾牌，围着训练场边线跑圈，并不时地停下来举重。之后，阿玛特斯对他进行敏捷度训练，在他用长藤条对马库斯的四肢和头部攻击时，马库斯必须十分警觉地闪躲和跳跃，躲开抽打，但是有时候他太慢了，抽打带来的刺痛常令他龇牙咧嘴。

"如果在竞技场上你被抽到，那你就死定了。"阿玛特斯警告他。

马库斯点点头，马上又进入准备状态，等着教练再次开始。他努力集中精力，以避免下一次被长藤条抽打到。一旦阿玛特斯完成这一训练，马库斯会被允许短暂休息，然后又得拿起武器去训练剑术。之后，马库斯坐在地上，疲惫地抱着膝盖，抬头看着教练问道："你觉得我能打败弗莱克斯吗？"

阿玛特斯盯着他看了一会儿，说："小马库斯，那的确困难重重。你的对手比你块头大，而且更强壮。如果他把你击倒，然后用身体压着你打你，那时你就只能任凭他摆布。"他停了一会儿，捏了一下自己的下巴，用更善意的口吻继续说道，"但是无论前方有千难万险，你总是有机会打败他的。我见过实力比这更加悬殊的搏斗，结果却让人惊讶不已。秘诀就是不要过于接近他，不要和他硬碰硬。你个子小，速度快，要把他累倒，然后不时地送他几个小伤口，流血和疼痛会让他的动作变慢，直到你杀了他。"

听到"杀"这个词，马库斯感到一阵毛骨悚然。尽管内心恨透了弗莱克斯，但马库斯觉得即便时机到来，他也未必会杀了弗莱克斯。他清了清嗓子说："我听一些老人说，如果角斗士搏斗得很精彩，那即使他输了，观众也会原谅他。"

"希望渺茫。"阿玛特斯嗤之以鼻地说道，"你不一定会那么幸运。"

"为什么？"马库斯皱眉问道。

"他们已经给波希诺最好的八位勇士付了钱，包括你们两个孩子，以及一些牲畜。你们很难走运。你知道他们是要看到所花的钱的价值的。这和在公共竞技场的搏斗不同。在公共竞技场，老百姓只是乐于见到一场精彩的搏斗，他们对那些虽败犹荣的人极为慷慨，那是因为他们没付钱。贵族们就不一样了。他们赢了钱才走，看到血才高兴。如果他们为'搏斗至死'付了钱，那他们就一定要看到死亡。"阿玛特斯俯下身，轻轻地拍了拍马库斯的肩膀，"所以，当你和弗莱克斯在竞技场上相遇的时候,只有一个人能活着。你一定要清楚这一点,知道吗?"

马库斯点点头。

"站起来,继续训练!"

在搏斗之前,马库斯彻夜未眠。他靠着单间冰冷的墙壁,偶尔能听到另一个单间传来的、男人在草垫子上翻身或者说梦话的声音。一度,他还听到了哭声,有人呜呜地边哭边嘟囔,直到守卫从走廊走过来喝令他保持安静。

马库斯感到前所未有的孤独和恐惧,尽管在他和母亲的幸福被人掳走后,他已经历尽苦难。他试着放下所有想法,集中精力备战明天的搏斗。阿玛特斯是对的——他的对手会冲向他,用他的冲力和优势打败自己。他要绞尽脑汁来避开弗莱克斯的攻击,同时又不能和他靠得太近,要出其不意给他致命一击。这样想了一会儿,马库斯突然想到了弗莱克斯。这个凯尔特人在干什么呢?他会不会也醒着,在盘算明天的搏斗?他也因为被恐惧折磨而不能入睡吗?

黎明的曙光透过高高的铁窗照了进来,在屋子和门之间投下微弱的光束。随着窗栏的影子逐步消失,屋子也变得越来越明亮。马库斯从床上爬起来,伸展身体,放松已经僵直的肌肉。他感到很困,但是他知道这几个月的残酷训练和前几天阿玛特斯给他的建议,已经意味着他不再是那个在父亲农场的橄榄树丛里跑来跑去的纯真孩童了。他是一个角斗士。今天他就要在众人面前亮出自己的技艺。如果他被杀了,那么全盘皆输,他的母亲也会孤独地死去,被人遗忘。如果他赢了,那自己和妈妈都还有希望。

哐啷一声,走廊尽头的门开了,接着传来一阵脚步声,每一个单间的门都被打开了,随后又被关上。过了一会儿,马库斯所在单间的门闩解了锁,门被推开。一个守卫走了进来,将一碗粥和一杯水放到马库斯的脚边。守卫停了一会儿说:"你最好都吃了。"他客气地笑着,"今天你要用尽全力。"

马库斯不情愿地摸着碗,说:"谢谢。"

守卫刚一离开,门闩就复位了。马库斯盯着这些灰色的黏糊糊的东西,拿起勺子吃起来。粥很稠也很咸,但是他喜欢它在肚子里温暖的感觉。很快,粥就被吃光了。

又过了一小时,屋子的门又开了,阿玛特斯探进头来说:"站起来,穿上装备。"

马库斯跟着教练往外走,他感到自己的身体在不停地颤抖。走到外面时，其他的角斗士早已站成一排等着他。有八位壮汉身着紧身衣和便鞋，当然还有弗莱克斯。没有人看他，大家都直视着前方。托勒斯站在一边，一只手握着藤条敲打着：

"最后一个！就位，快点儿！"

马库斯急忙入列，尽力站直。他紧盯着面前的墙。托勒斯在队列前面走着，打量着每一个被选中的角斗士。他很满意他们没有表现出任何的恐惧，他点点头，开始如往常般地对他们大声训话：

"主人的客人已经到别墅了。波希诺正在和他们吃便餐，他会顺便向客人们简单介绍你们的情况和你们的优缺点，以便客人们投注。对于不幸被选中的你们，我有个建议：不要输。他们不会因此而感谢你们，而且肯定会拒绝任何宽大处理。第一回合会在四小时之后开始，中间休息半小时，让客人们用餐和讨论战况。孩子们的搏斗被安排在最后。晚上还会有一些动物搏斗表演。"他停下来狠狠地看了他们一眼，"波希诺的客人已经为这场表演付费了。我不想看到任何人畏首畏尾，也不想看到任何快速的杀戮。一定要先把剑术展示给他们看。在你们来真的之前，给他们一些期待,明白吗?好了,我就说这么多。你们知道你们接下来要做什么,对吧?穿上装备,跟我来。"

托勒斯快速转过身走向盔甲区,角斗士们和阿玛特斯跟在后面。武器和盔甲被保存在一个锁着的、只有坚固铁窗的建筑里。里面有长矛、三叉戟、刀剑,还有头盔、盔甲、手臂垫,以及为持网和三叉戟战斗的角斗士准备的油亮而沉重的网。马库斯一边注视着这些武器一边抑制着自己的颤抖。托勒斯命令他们在一张大桌子前面排成一队,他和阿玛特斯负责发放装备。

"第一个,赫尔曼!"

队伍前面的高个子努比亚人前进了一步。托勒斯瞄了他一眼,说:"你是古罗马斗士。过来领取头盔、大铠甲、盾牌、右护甲和短剑。"

阿玛特斯点点头,然后选好武器和盔甲放到桌上。当努比亚人开始固定盔甲带的时候,马库斯看了一眼自己的对手。弗莱克斯坚定地站在那里,目视前方。他的左手手指轻轻地抖动,双腿也在颤抖。看到这一幕,马库斯明白了原来对手也是和自己一样心中充满恐惧。这下马库斯心里总算平衡了。

角斗士们一个接一个地走上前领取装备，屋里一片死寂，只有托勒斯粗暴的命令，以及角斗士们忙乱地调整皮带扣时金属碰撞的声音。穿好铠甲后，角斗士们举起剑，仔细地打量着手中精致的武器。

弗莱克斯拿到了自己的武器，然后就该轮到马库斯了。他捧起盔甲和武器，注意到在皮甲和盾牌上有刀割的痕迹。马库斯走到墙边的椅子上，把装备放下，然后，停了一会儿，拿起前胸和后背的甲壳，把它们围在身上扣紧。阿玛特斯挑剔地看着他，然后叹了口气，走向他。

"那样不行。"他用力拉着马库斯前胸的甲壳，"太松了，马库斯。"

当阿玛特斯帮助马库斯调整带扣，测试松紧的时候，弗莱克斯轻蔑地朝他笑起来。

马库斯试着忽略他，对教练点点头："谢谢。"

阿玛特斯耸耸肩："按我说的做，年轻人。如果在训练场让我抓到你这么马虎，我会揍你的。下次注意。"他停下微笑起来，"希望还会有机会吧。"

"是。"

马库斯拿起他的小圆盾掂量了一下。小盾很轻但是盾面的铁很厚，足以抵挡任何对手的攻击。剑也比他训练中用的要轻，剑刃锋利致命。他紧紧地抓着剑鞘，做着快速刺和砍的动作，感受重量与平衡。

角斗士们装备好自己后，托勒斯用藤条敲了敲桌子："坐下！两两相对坐好！"

角斗士们按照指令，在兵器库两边的板凳上默默坐着。托勒斯向另外一个教练点点头。

"待在这里等抽签。今天不是庆祝仪式，客人们只想要搏斗。表演开始，我就会派出你们。"

托勒斯走后，马库斯和其他人只是静等，默不作声。他看着边上其他的角斗士，不理解他们面对死亡怎能如此沉着。在他对面，弗莱克斯正瞪大眼睛直视着马库斯。过了一会儿，马库斯将目光移开，转而盯着对手头顶上方架子上那个头盔。外面射进来一道光打到这个古铜色的头盔上，令它闪烁着光芒。

又过了很长时间，马库斯听到了轻轻的笑声和兴奋的交谈声，他猜想观众应该是在竞技场上方的看台就位了。

的确如此，托勒斯很快就回来了，他站在兵器库走廊上，下达了命令："前两组，跟我来！"

四个人急忙起身，两个重甲罗马斗士和两个色雷斯人走过去，后者携带着看上去极具杀伤力的弯刀。他们走出兵器库，马库斯听到他们的靴子踏在地面铺的碎石上发出很大的声响。四周暂时安静了一会儿，接着他听到了角斗士们发出的喊声：

"我们将以死向您致敬！"

接着传来一阵嘈杂的人声、金属撞击的声音，和一些喝彩的声音。声音持续了一会儿，不久从观众那里发出一阵失望地抱怨。

没有学校往常的声音。搏斗开始了，其他的角斗士都被锁在营房，以防影响观众们的娱乐。

"下一组！"托勒斯朝着大门吼着。

当叫到马库斯和弗莱克斯的时候，已接近中午。拿起武器，他们跟随着托勒斯，进入从学校到竞技场旁边坚固铁笼的短通道。上一组斗士在铁笼中的板凳上相对而坐，旁边放着他们的盾牌、剑和头盔。两名手持长矛的守卫站在笼外，准备随时打开通向竞技场的推拉门。

当马库斯和弗莱克斯进入笼子坐下的时候，马库斯听到一阵低沉的咆哮声，环视一周，他才发现竞技场里还有一个笼子，就隐藏在竞技场栅栏的合围处。可以隐约看到里面的皮毛，接着又传出一声低吼。他突然意识到那是一头狼。观众们已准备好欣赏最后一组的表演，他们的声音也传到马库斯的耳朵里：成人低沉的聊天声中，夹杂着孩子们尖锐的喧闹声。

四名角斗士在托勒斯严肃地监视下等待着，然后波希诺的声音从看台上传来："下一组！"

"起立！"托勒斯向两人下令。他们急忙戴上头盔，把带子紧扣在下巴上，然后捡起盾牌和剑，起立站好。托勒斯抓住推拉门的一边，一把推开。透过空隙，马库斯看到了黑色的、铺着沙子的竞技场。场外则是观众：六个成人——四个男人、两个女人，还有三个孩子。马库斯没有时间去记住他们的脸，两个角斗士刚进入竞技场，门就关上了。

"我们将以死向您致敬！"两个角斗士齐声喊道。

场上一阵寂静，然后是一声尖锐的口哨。

第一回合开始了。两剑相碰的声音让马库斯深感恐惧，他悄悄地移到板凳边以便通过栅栏的空隙看到竞技场。角斗士的身影很难辨认，只是飞快地闪过。除了武器互相攻击声和喘气声，几乎没有任何其他噪音。观众们正在全神贯注地看着搏斗。马库斯转过头来，感到非常不舒服。现在开始随时都可能轮到自己，他被一种战死沙场的失败念头侵袭了。慢慢地，仿佛弗莱克斯找到了战胜他的机会。

接着是一阵混乱的对攻，然后一个身影砰的一声撞到笼子上。那个人的身体挡住了栏杆间的光，沾满鲜血的剑锋从栏杆间突然穿出，马库斯几乎从板凳上跳了起来。随后，那个人的身体松弛了，剑拔出去之后，他应声倒地。

过了一会儿，笼门打开，幸存者跟跟跄跄、意识模糊地走出来。他的大腿上有一个很深的伤口。从两个男孩身旁经过后，他走向住所，走出笼子，走进通向单间的通道，背后留下了一路血滴。透过空隙，马库斯看到两个奴隶走过来，将失败者的尸体拖出了竞技场。

托勒斯等待着，直到尸体离开视线，他才转向马库斯和弗莱克斯，指着竞技场，说道：

"该你们了！去吧！"

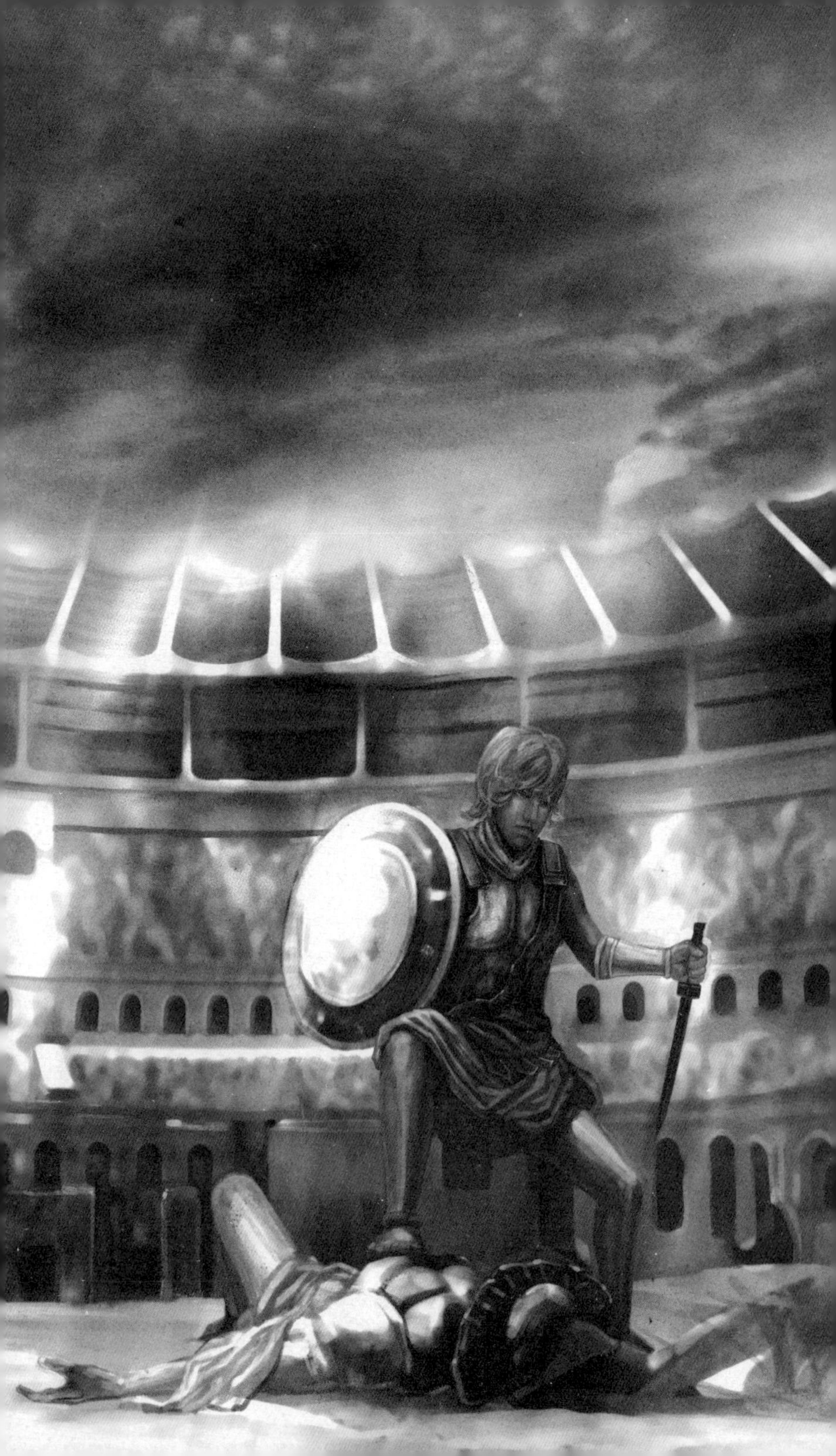

11 生存之战

马库斯深吸了一口气,和弗莱克斯一起,用缓慢、庄重的语调喊道:"我们将以死向您致敬!"

他们笔直地站在观众面前,向衣着华丽的罗马观众高举起持剑的手臂。马库斯看见观众席中有两男两女坐在一起;另外一个男人正是几天前和波希诺一起观看角斗士训练的陌生人;第四个男人身材高挑,肩膀宽厚,黑发稀疏,坐在可以俯瞰沙地的观众席中间的贵宾席上,他神情严肃地观察着场上的角斗士男孩。突然,他的注视被身旁一个与马库斯年纪相仿的小女孩打断了。

"小心点儿,波提亚!"男人大喊,"你差点儿打翻我的红酒!"

"对不起,叔叔。我只是想谢谢您带我一起来观看表演。"她说着探身过去,在男人的脸颊上亲了一口,便很快站起来重新回到两个男孩同伴中间。他们正在叽叽喳喳地讨论着竞技场上哪个男孩角斗士会取得最后的胜利。

"当然是凯尔特人。看看他高大、强壮的身材!"

"那是肯定的——他会让另一个男孩粉身碎骨。"

"他的体格要健壮多了。"

"但是如果我赌小个子男孩赢,你赔我几倍赌注?"

"五倍。不过我劝你不要浪费赌注了,还是听我的劝吧。"

马库斯和弗莱克斯仍然站在沙地上,举着剑。波希诺瞥了一眼观众席上的贵宾,等待对方发出开战指令。但是,坐在观众席中间的男人正和其中一个同伴低声谈话,似乎对竞技场上的这组表演漠不关心。

波希诺微微皱眉,清了清嗓子。男人闻声抬头,瞥了一眼竞技场上的两个男孩,然后随意地向波希诺点了点头。

波希诺深吸一口气,大喊道:"角斗士们!站到各自的位置上去!"

马库斯放下举着剑的手臂,转身面对弗莱克斯,后退到距离对方十步远的地方。这时,从竞技场的一扇大门处走进来两个护卫,他们沿着竞技场的另一端小跑着,跑到架着火盆的木桩旁停了下来。然后,两个护卫从火盆里拿起烙铁,把烧得通红的一端举在空中,随时准备用灼热的烙铁鞭策场上畏首畏尾的男孩。

"我可不需要烙铁来逼我战斗。"弗莱克斯一边低声说着,一边蹲下身子,举起剑和盾牌,"但是,或许你需要。"

马库斯咬紧牙关,稳稳站着,等待开战的信号。

"今天最后一场较量!"波希诺宣布,"双方分别是凯尔特人弗莱克斯和来自希腊的马库斯。"

有那么一瞬间,马库斯犹豫着是否应该转身面向观众,告诉他们自己是一个罗马公民。他可以在战斗开始之前为自己申诉,求得公正,或许他能获救甚至被释放。可他还没来得及想那么多,波希诺就用手围住嘴巴大声喊道:"开始!"

弗莱克斯咆哮一声,向前冲去,在沙地上全速跑着。马库斯站稳脚跟,举起盾牌。在弗莱克斯要撞上来的时候,马库斯突然侧身一跃,躲过去了。弗莱克斯扑了个空。马库斯随即举剑狠狠砍向对方的手臂,可剑尖仅仅擦着空气,并没有击中。他立即跳转身面对敌人,像平时训练时一样向前靠近。弗莱克斯慌乱地躲避着,刚好及时躲过了马库斯对他手臂的袭击。双方的激烈交战持续了好一会儿,最后弗莱克斯退却了。他们站在那儿,僵持着,凶狠地瞪着对方。马库斯的心脏猛烈地跳动着,脑中有一股莫名而得意扬扬的胜利感。

"我告诉过你!"那个选中他们的男人激动地抓住贵宾席上的指挥官的手臂说道,"我早知道他们俩会有精彩的表现,朱利叶斯。"

对方摸了摸下巴,说道:"那么,如果我押小个子男孩赢,你下多少赌注?"

"他?我想想……七倍。"

"成交!我赌五十枚金币。"

"五十?太好了!"

…………

他们的声音淹没在弗莱克斯的咆哮声中。他逼近马库斯,全神贯注地盯着对方。马库斯佯装向一侧躲闪,弗莱克斯便急忙跨步向前切断他的退路;马库斯又向另一侧躲避,弗莱克斯步伐紧跟调整方向。

"哦,你逃不掉的。"弗莱克斯咆哮道,"这次,我一定要击中你,小崽子。"

"我可不这么认为。"马库斯冷笑着回答,"弗莱克斯,你太笨拙、太愚蠢了。"

听到马库斯的嘲笑,弗莱克斯气得脸色煞白。他低声咆哮了一会儿,然后又大笑起来:"你以为你能用这种伎俩打败我吗?休想!"

弗莱克斯举步向前,向马库斯发起一连串攻击,逼得马库斯剑盾并用,全力防守。由于弗莱克斯手臂更长,攻击范围更广,马库斯毫无还击之力。渐渐地,马库斯被逼得节节败退,不得不慢慢靠近手举灼热烙铁的护卫。

弗莱克斯一边得意地笑着,一边故意一步步将马库斯逼向危险。在最后一刻,马库斯觉察到了烙铁的炙热,他猛地向一侧翻滚,然后挣扎着站起身来。

"哦,太棒了。"朱利叶斯惊叹道,"现在开始不要再退却了,小家伙!坚守阵地,绝地反击!"

听到贵宾对马库斯的鼓励,弗莱克斯脸色阴沉,他再次来势汹汹地逼近马库斯,发起如暴雨般凶狠地连环击打。

马库斯用盾牌成功抵挡住了敌人的每一次击打，但手臂也因此疼痛起来。马库斯知道在这种连续的攻击下，他的肩膀会很快变得麻木，并且自己很有可能会因此松开盾牌。

突然，弗莱克斯暂停进攻，向后撤退，他喘着粗气说："你的死期就要到了，罗马人。还不赶快求我让你死得痛快点！"

马库斯摇摇头："不着急，我会慢慢杀死你。"

"不要再勉强自己了。"弗莱克斯嘲笑道，"乳臭未干的小子！你还没断奶，是吗？我可听说了不少你的事情。你就像微不足道的杂草，根本没能力把你母亲救出被奴役的苦海。"

马库斯一动不动地站着，瞪着眼前这个折磨他的人。他感到体内的血早已变得冰冷。他不再思考如何才能赢得这场战斗，确切地说，他不再思考任何东西。此时此刻，除了要置对方于死地的满腔愤怒外，马库斯再无任何其他想法。他还没想清楚自己到底该怎么做，就已向弗莱克斯飞扑过去。他连续挥剑砍向敌人的盾牌和剑，嘴里发出奇怪的咆哮声。这一连串的袭击逼得弗莱克斯跌跌撞撞地向后败退，脸上露出又惊讶又恐惧的表情。

此时，取胜的欲望和动物的本能促使马库斯疯狂地向敌人砍去。突然，他的剑刃刺入了弗莱克斯拿着盾牌的手臂，弗莱克斯痛苦地大叫一声。马库斯再次出击，剑刃划过敌人的盾牌边缘，在对方前臂划开了一道口子，盾牌随之滑落，重重地摔在地上，几滴鲜血啪嗒啪嗒滴落下来。

弗莱克斯翻了个身，挣扎着用仅剩的剑来保护自己。马库斯狠狠出击，逼得弗莱克斯大力挥剑来躲避。看到对方的剑挥向一侧，马库斯趁机用盾牌砸向弗莱克斯的脸。嘎吱一声，弗莱克斯的鼻梁被打断了，他痛苦地呻吟着，摇摇晃晃地向后退去，鲜血沿着嘴唇和下巴汩汩流出。

马库斯再次举起盾牌砸下去，弗莱克斯举起持剑的手臂抵挡袭击，马库斯顺势蹲下，举剑刺向对方的大腿，剑尖在弗莱克斯的大腿上划开一道又深又长的口子，鲜血喷涌而出。

在最后一次奋起自卫的时候，弗莱克斯全力撞向马库斯。两个人扭打在一起，摔倒在沙地上。那一瞬间，马库斯看见了清澈、湛蓝的天空。紧接着，他翻身脱离弗莱克斯。他的剑原本被压在身下，他滚动时，剑从手中脱落了。

此时，弗莱克斯还没回过神来。他膝盖着地，挣扎着想要站起来。

马库斯猛地跳向敌人,用盾牌击落了对方手中的剑,接着他对准凯尔特人的头部连续猛击,直到对方仰面倒下,动弹不得,眼珠子随着脑袋乏力地来回翻动着。

马库斯也因长时间打斗显得体力不支,他挣扎着站起来。看着躺在面前毫无还击之力的弗莱克斯,他心中战斗的怒火渐渐消失,理智重新占据了大脑。

马库斯环顾四周,找到了自己的剑,上前一把抓起。他回到弗莱克斯身边时,才猛然发现自己左下臂的伤势很严重,他甚至记不起自己是在哪一个回合受的伤。他动了动手指,小臂随之感到一阵钻心的疼痛。接着,他跪在弗莱克斯身边,剑尖指向敌人的喉咙,犹豫不决。

弗莱克斯瞪着马库斯,一脸困惑和无助。马库斯把剑逼近对方的喉咙,只剩一厘米的距离。

这时,总教官迅速做了个切割的手势,示意马库斯"干掉他"。

马库斯深吸了一口气,想让自己变得铁石心肠,但他还是做不出切断弗莱克斯喉咙的动作。他抬头看着观众席上满怀期待的观众,发现贵宾席上的男人一脸惊讶。

"你还在等什么?"男人的其中一个同伴喊道,"快了结他!"

"了结他!"其余人齐声喊道,除了那个小女孩——波提亚。

马库斯摇了摇头,对坐在贵宾席上的男人说:"先生,您有什么意见?"

男人愣了片刻,皱起眉头思索了一会儿,然后耸耸肩膀说道:"我说……杀了他。"

有那么一会儿,全场寂静。马库斯站了起来,把剑扔向一边。

"你知不知道自己在做什么?"托勒斯怒气冲冲地从竞技场的边线走过来,"快捡起那把该死的剑,杀了他!"

"不,"马库斯坚定地回答道,"我不会那么做!"

"你必须那么做,并且现在就做!否则我以神的名义担保,我会亲自杀死他,还有你。"

马库斯疲倦地耸耸肩膀。他全身发冷,手臂伤势严重,鲜血沿着手臂流到指尖,滴在沙地上。

托勒斯走向马库斯,一把夺过他的盾牌,然后走向弗莱克斯,站在神情茫然、呆滞的凯尔特人面前。他举起剑,准备刺向对方的喉咙。

"住手!"观众席上响起一个男人的声音,那声音清晰地穿过竞技场,"放过这个男孩吧。他的命应该由获胜者决定。这是一直以来的规矩。但是,"男人微微一笑,继续说道,"我不能容忍奴隶对主人的反抗。波希诺,叫你的手下把那个凯尔特人带走。至于那个希腊男孩……留下。"

波希诺满脸困惑地问:"留下?为什么?"

男人不耐烦地瞥了波希诺一眼:"因为这是盖乌斯·朱利叶斯·凯撒的命令。这就是原因。他留下来和那些为正式表演所豢养的恶狼进行决斗。如果他输了,那就是他公然反抗我们的下场。如果他赢了,那是上帝对他的眷顾。我便不再对他另行处罚了。把你的狼带上来,波希诺。"

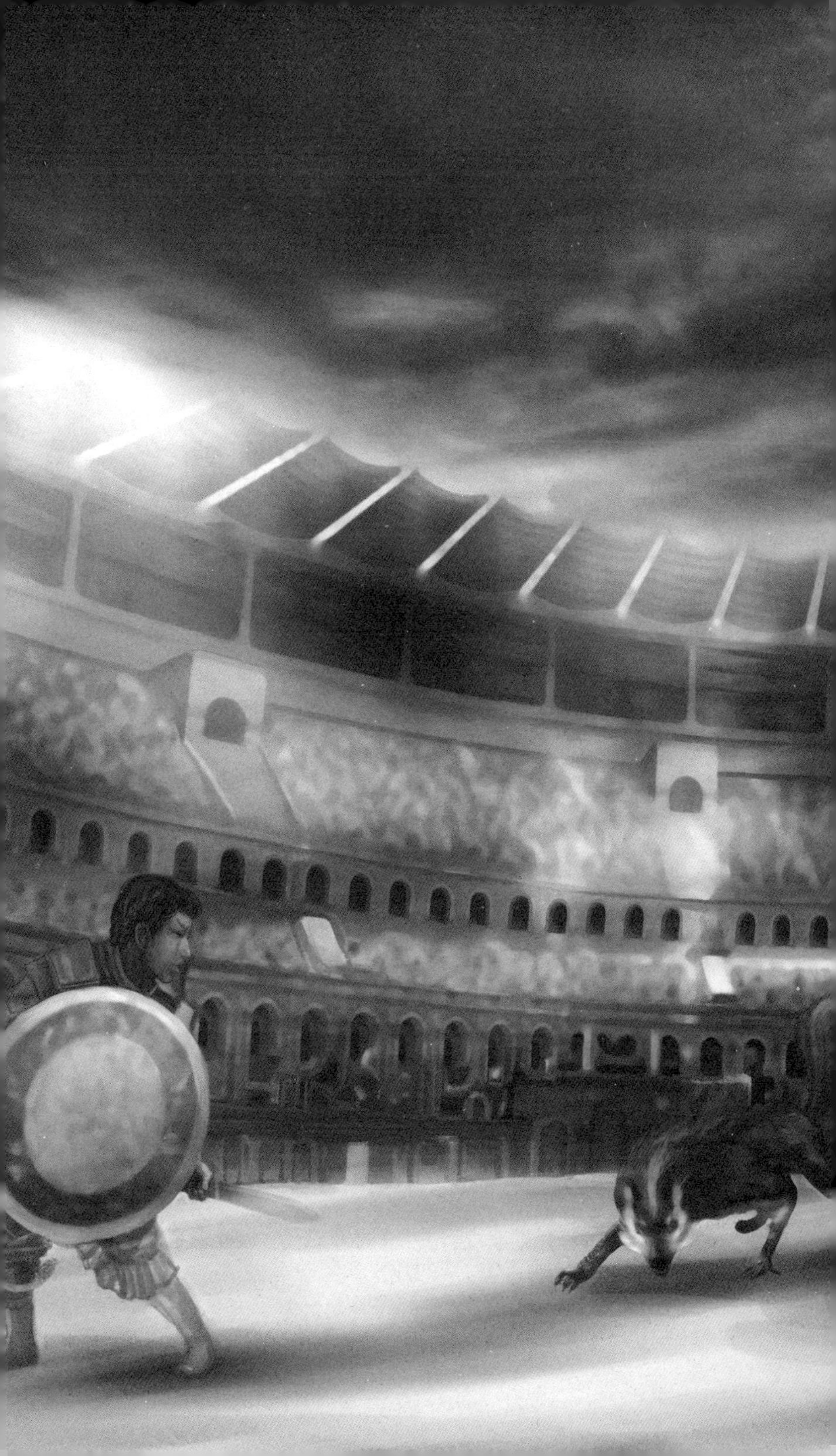

12 饿 狼

角斗士学校的主人原本张开嘴想要抗议，可顾虑到观众席中那位颇具影响力的贵宾，他犹豫了。他并不想因此惹这位客人生气。于是他点了点头，说："就那么办吧。"

波希诺转向竞技场喊道："托勒斯！让护卫把这个凯尔特人抬走。让马库斯继续待在那里，给他一把刀和——"

"不，"凯撒打断了他的话，"他应该用一把匕首迎战。如果我用他来实验的话，那么我想上帝应该会拯救这个人。"

"是的，先生。应该用一把匕首。托勒斯，把你的匕首给他。"

首席教官托勒斯按照主人的命令做了，他嘟囔着对马库斯说:"好好对待它。它花了我不少钱,别把它弄坏了,不然你得付出代价。"

"如果它有什么事,我自己也会遭遇不测,主人。"马库斯冷冷地回答,"有没有什么关于如何与狼打斗的建议?"

"是的。"托勒斯抚弄着马库斯的头发露出了鲜有的笑容,"离它们的咽喉处远一点儿。"说完,他转身走出了竞技场。马库斯则被护卫关到了笼子里。

过了一会儿,托勒斯在竞技场上方通向动物圈的门口再次出现。每个动物圈大门的顶端都用一根绳子系着,拽动其中的一根绳子,随着绳子的牵拉,大门一直上升到一个悬浮的滑轮架子上。突然,托勒斯停了下来,向下看着马库斯,问道:"准备好了吗?"

马库斯扫视了一圈竞技场。他们已经用沙子把有血迹的地方都盖起来了。除了有几个火盆以外,竞技场上只剩下马库斯一个人。他左胳膊上的伤口差不多已经止住血了,上面那层被撕开的肉也已经凝固了,可每次他试着想要动一下这个胳膊时,还是觉得非常疼痛。这只胳膊目前已经用不上力了,可马库斯不得不用匕首来对付他的对手,他深深地吸了一口气，然后抬起头向上看着说道："准备好了。"

托勒斯抓住其中一个大门上的绳子，然后用力往上拉。输送机下面的滑轮发出重重的响声，大门被慢慢地从沙地上抬了起来。

瞬间，马库斯便看到了一只狼，它用两只前爪和黑色的鼻子从笼子里面使劲地向外面抓拱着。

笼门升到比竞技场高大约半米左右的时候，那只狼扭动着身体走进了竞技场。它微微蜷伏着身体，低下头，冷冷地盯着马库斯。

可是，马库斯感觉眩晕得厉害。打败弗莱克斯，伤口的疼痛以及有希望可以生存下来去救母亲……诸多事情一直在他的脑海里浮现。因此，面对一只凶恶的狼并没有令他害怕。如果它和他在农场的山上见到过的那些狼一样的话，那它也是可怜的动物，因为它甚至害怕人类的影子。

可此刻在他面前的狼和那些狼完全不同。它比它们大得多，而且浑身都长有粗毛。它已经挨饿并且被刺激了一段时间了，从它毛皮上遭受鞭打留下的痕迹就可以清晰地看出这些。它看着马库斯的时候，龇着尖牙，鼻子和脸两边的肉都皱了起来。

大狼嚎叫起来。马库斯意识到它不会有任何迟疑，一有时机，它就会扑过来然后将自己的脖子咬断。意识到这一点后，他感到非常恐慌，就连血液里都充满了恐慌，他的腿不由自主地颤抖起来。

托勒斯放开了绳子，大门嗵地掉了下来。他走到另一根绳子面前，用力往上拉绳子，笼子升起来放出了第二只狼。这两个畜生把头转向对方，开始咆哮起来。马库斯甚至希望它们互相打斗，但事实上，它们是要团结在一起共同战斗的，血的味道和狩猎本能使它们团结在一起。

第一只狼用它那厚实的脚掌围着竞技场周围转圈，但眼睛始终盯着马库斯。它停在一块用沙子盖着的血渍上闻了闻，然后开始舔了起来。马库斯因为恐惧而全神贯注地盯着这只狼，所以没发现另一只狼已经趴在地上匍匐着向他靠近。马库斯转过身看到它的时候，被吓了一跳，那只狼已经距离他不到5米了。他向后退了一步，可身后传来的一声嚎叫让他忍不住回头看了一眼。第一只狼也已经慢慢向他身边移动了。

马库斯一直留意着这两只狼的动静，他朝着竞技场的边缘，观众所在的那个方向后退着。马库斯浑身发凉，直冒冷汗，他的眼睛一眨不眨，双脚缓慢而沉稳地移动着。

间或，其中一只狼会微微地起身，朝着马库斯前进一小段路，然后停下来。

很快，马库斯就感觉到自己已经退守到栅栏边了，于是，他只好停下了脚步，他知道那两只狼随时都可能朝自己扑过来。

"他害怕了！"一个小男孩责骂道。

"是的，他当然害怕了，"小女孩回答道，"我相信如果你陷入他此时的困境的话，你也会一样的。"

马库斯简单地扫视了一眼，正好和那个女孩目光相接，从她的眼睛里马库斯读出了同情。

"这有什么好怕的！"那个男孩说，"他们和狗差不多，你只需要命令它们，这些狼就会像小狗一样围着你转了。"

"我不这么认为。"一个男人回答道。马库斯意识到这个人就是这次聚会的主人，那个自称凯撒的男人。"它们相当野蛮，是对人具有致命威胁的动物。"

"我看不清楚！"另一个男孩的声音插了进来，"让他走出来，走到我们可以看到他的地方，朱利叶斯叔叔。"

那个男人没有理会小男孩的要求。

观众们在围栏外面排成一排向前倾斜着身体，以观看这个男孩如何应对两只狼的围攻。所有人都保持安静，整个竞技场安静极了。

马库斯只能等着饿狼先开始行动。此时，似乎所有的一切都静止了，除了血液在身体里哗哗地流淌。

随着一个模糊的影子晃过，其中一只狼向他扑了过来。马库斯迅速蹲下身，然后这个畜生就猛地撞到了围栏上。它蜷曲着身体冲着马库斯叫了一声，同时锋利的爪子愤怒地猛刨着。

马库斯走上前，试图将匕首插入狼的身体，可是受伤的胳膊灼烧般地疼起来，他大叫一声，失手了。

疼痛和匕首并没有让这只狼放弃，它又叫了一声，抖擞起精神。在它看来，马库斯手臂上的伤口就是在鼓励自己。只见它猛冲过来，用牙齿咬住马库斯肩膀上的皮革盔甲，它想用自己强有力的牙齿撕碎这个障碍物。

马库斯一次又一次机械地用力向前刺去，他只感觉到一股股暖流从手上流过。那只狼仍然在他的肩膀上，现在令他震惊和担心的是，另一只狼也支撑起身体从侧面向自己扑过来。

上面传来了急促的喘息声,然后那个女孩喊了起来:"它们想要吃掉他!快救救他!拜托啦!"

"波提亚!快从那个围栏边回来!"

马库斯听到了一声尖叫,然后那个女孩掉落并滚到了他旁边的沙地上。

只在一瞬间,另一只狼就围住了她。波提亚挥舞着胳膊,试图驱赶。那只狼张开嘴,在她的肘部猛咬一口。女孩因为疼痛而大喊起来。

应该立即去救她!马库斯想道。他狂怒而盲目地向那只仍然在攻击他肩膀的狼一刀刀地刺着。很快,随着一声咆哮,它松开咬着他肩膀的嘴,倒在了地上,马库斯的刀也掉到了地上。

来不及多想,马库斯迅速朝另一只狼跑了过去,他用手臂狠狠地夹住野兽的喉咙,用他的手指压碎它的气管。这只狼咆哮着摇晃起头来,女孩被咬住的肉也因之被撕扯起来,女孩因为疼痛又一次叫了起来。马库斯松开他的手,然后攥成拳头,使出他最大的力气来打这个畜生的口鼻。这只狼松开了波提亚,向后退了好几步,然后绷紧它那有力的双腿准备发起下一次进攻。

"到我身后来！"马库斯喊道，随后他站到了女孩和狼之间，"躲在我身后。"马库斯盯着这只狼，时间好像慢了下来。在这个瞬间，马库斯感觉自己的意识才恢复过来。

这时，从观众中间传来了恐慌的哭声。托勒斯从围栏墙上爬下来了。波希诺由于惊恐而呆在那里一动不动。马库斯感觉到了胳膊上传来的巨大疼痛，内心的恐惧也恢复了。

那只狼已经准备好开始跳了。在马库斯右侧不足2米的地方，匕首躺在沙地上，明晃晃的，发出刺眼的光。马库斯屈膝，举起双手，当狼向他靠近的时候，他向右侧跳了过去，他们在空中碰到了一起然后都被撞翻在地。因为疼痛和翻滚，狼缩成了一团，但它的爪子和牙齿却冲着马库斯凶猛地咬着、挠着。

马库斯向后退了一步，然后猛地用左手抓住了狼的下巴，他用尽所有的力气把它推起来。同时，他的右手疯狂地在沙地上摸索着，手指被匕首的刀片擦破了。当那只狼从他的左手中挣脱出来时，马库斯摸到了刀把，然后紧紧地抓住了它。

那只狼向后退了退，张开嘴，一股热气袭向马库斯的脸颊，接着，这只狼开始凑近他的喉咙。

刀片在空中划过，划破空气，刺进了那只狼的耳朵，刺破了它的头盖骨，最后刺穿了这个动物的大脑。它的身体抽搐了一下，从马库斯的头顶上瘫软下来，身体震颤了一会儿才停下来。

这个动物的皮毛令马库斯感觉窒息，那股它身上带有的热乎乎的血腥气味也充满了他的鼻腔。他挣扎着想让自己放松下来，可左臂上钻心的伤痛已经让他无法忍受，并且由于失血过多，他感到一阵阵眩晕……

一些人把死狼的尸体抬走了，然后许多张脸在他头上晃动。

"那个……那个女孩……她安全了吗？"马库斯喃喃地问道。

然后，他便失去了知觉。

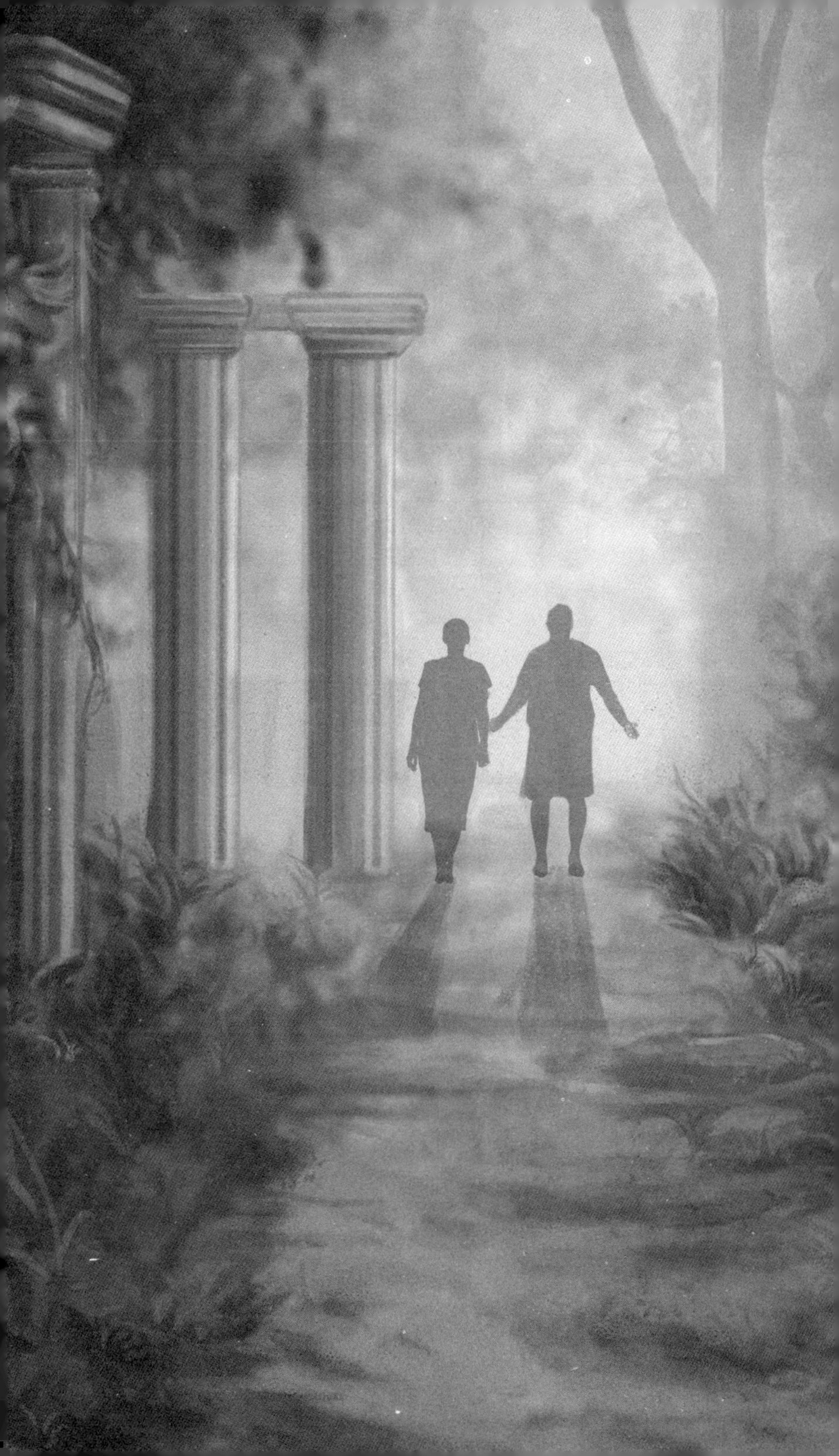

13 贴身护卫

马库斯梦到自己回到了农场。

那是晚春时节的一天,阳光明媚,农场里到处都是一派生机勃勃的景象。鲜嫩的花骨朵儿随风摇曳,披着阳光外衣的树叶闪闪发亮;蝴蝶在空中翩翩起舞,一些叫不出名字的昆虫在草丛间懒洋洋地鸣叫着……

沐浴在阳光的温暖怀抱中,马库斯觉得浑身无比舒畅。他刚刚打猎归来,而且是空手而归。尽管如此,他仍然满心欢喜地沿着长满橄榄树的农场小路向大门走去。他看到父亲和母亲站在门口等着自己,微笑着招呼他,他的心情顿时雀跃起来。他张开双臂,欢快地跑向父母亲……

但是,就在他离父母亲只有二十几步远的时候,他们的身体开始渐渐消退，慢慢变成了影子。

"不……"马库斯一边跑一边哭喊。

父母亲的身影渐渐消失，那里变成了一片空白。农场也随之消失，天色顿时暗了下来，漆黑的暮色把农场包裹得严严实实。马库斯绝望地哭喊起来："爸爸！妈妈！你们不要离开我！"

突然，马库斯感到身体一侧剧烈地疼痛起来。他疼醒了，眼睛尝试着睁开了一条缝，发现自己躺在一间干净、墙壁粉刷成白色的房间里，房门通向一条柱廊，柱廊的另一头是一座整洁的小花园。马库斯立刻认出了这座小花园：他在波希诺的别墅里。

身边传来一阵窸窸窣窣的摩擦声，马库斯扭头看见凳子上坐着一个人。

"我不是你的父亲，孩子。"凳子上的男人微笑着说，"嗯，我这一生结识了不少女人，也许我不该排除这种可能性。"说完他笑了。那是一个温暖而窝心的笑。

马库斯看着他，说："我想……我见过你，我认得你的脸。"突然，马库斯想起来了。他恍然大悟，眼前的这个男人就是来看角斗士表演的大人物。

"我们还没有正式向彼此做自我介绍呢,我的孩子。我叫盖乌斯·朱利叶斯·凯撒。"他的语气似乎在暗示马库斯这个名字有着非比寻常的意义。当看到马库斯毫无反应时,他脸上的笑容渐渐消失了,"不管怎么说,看到你醒过来了,我非常欣慰。很开心,你醒来的时候,我能在你身边。我感谢你救了我侄女波提亚一命。"

马库斯累得闭上了眼睛,但很快又睁开了。他勉强集中精神,问道:"就是那个掉入竞技场的小女孩吗?"

"是的。"

"她没受伤吧?"

"没有。她很安全。波希诺的外科医生已经为她包扎了伤口,她会很快康复的。谢谢你!"凯撒身子前倾,双肘支在大腿上,他穿着一件华贵的红色刺绣束身外衣。略加思索后,他继续说道:"这次是个意外。可是下次呢?谁又能预料呢?"

"下次?"

凯撒一言不发地盯着马库斯看了好一会儿,然后开口说道:"我想或许是我离开罗马太久了,你似乎没有听说过我,年轻人。"

"确实没有，先生。"马库斯承认道。这时，一个念头在脑海中闪现，马库斯似乎看到了希望，"您知道庞培将军吗？"

"怎么会有人不知道庞培将军？他可是罗马最伟大的人物！"

"他是您的朋友吗？"

"伟大的庞培将军？"凯撒思考了一会儿，耸了耸肩，"我不知道一个真正的伟人是否会有真正的朋友。至于敌人，那肯定是有的。"

马库斯感到希望再一次从他身上一丝丝消散了："那么，您是他的敌人？"

"不。我的意思是我并不奢望能成为如此伟大之人的朋友。至少现在不。"凯撒向后直起身子，仿佛坐在王位上一样，"你帮了我一个大忙，马库斯。不过我还有其他事情需要你为我效劳。虽然你没有听说过我，但我在罗马还是有一定影响力的，并且很快会拥有更多的权势。这样一来，我自然而然会有更多的敌人——他们威胁着我和我的家庭。今天的事情让我做了一个决定：我需要给波提亚找一个贴身护卫。一个勇敢、强壮，并且善于使用武器的人，这个人必须勇敢、谨慎又不引人注意。让我的敌人知道我惧怕他们，对我毫无益处。没有人会注意到你这个年纪的小男孩。这就是我选择你做波提亚的贴身护卫的原因。从现在起，这就是你的工作，直到我分派给你其他的任务为止。"

马库斯瞪大了眼睛："我？但是，先生，我已经有主人了。我是波希诺的财产。"

"以后不是了。今天下午你还没醒过来的时候，我向波希诺买下了你。我付给他的钱足够他买一个训练有素的角斗士了，因此他对这笔交易非常满意。哦，从现在起，你就称呼我为主人或者先生。明白了吗？"

"是的……主人。"

"很好！"凯撒双手一拍，"那就这么说定了。你留在这里休息，直到伤势恢复到足够让波希诺的手下护送你到我罗马的家中。到时候我再和你解释你的具体工作职责。怎么样，马库斯？"

马库斯把目光从男人那儿转移开来，思考了一会儿。这样一来，他就要离开他的那几个奴隶朋友了，小隔间的三个男人是他最亲近的伙伴，他会想念他们的。但是为了离庞培将军更近一点，也为了离他的最终目标更近一点，他必须付出一些代价。

马库斯抬头看着凯撒，点点头说："这是我的荣幸，主人。"

男人站起身来，神情严肃地说："我已经向你表达了谢意，这就足够了。我们从此不再提你救我侄女的事。从现在起，永远不要忘记我是你的主人，而你是我的奴隶。清楚了吗？"

"是的，主人。"

"我们下次见面会在罗马。我希望你尽快康复。"

没等马库斯回答，男人便转身走出了房间，留下马库斯独自沉思。男人的脚步渐行渐远，消失在远处。周围一片寂静，除了小花园里传来的阵阵鸟鸣声。

马库斯独自一人留在房间里。他盯着天花板，心里充满了比平日更多的希望。这天的早晨，他还一直担心自己无法看见第二天的太阳，尽管他最终击败了弗莱克斯。他原本应该回到学校继续接受训练，并且在有机会重获自由之前，他要不断面对更多场格斗带来的危险。现在，他即将成为一位罗马贵族家的护卫，住在罗马的中心，并且更有机会找到庞培将军，把自己的经历告诉他。是的，马库斯平静地叹着气,生活也许正在朝更好的方向发展。

"我没有打扰你吧?"

听到声音,马库斯迅速扭头看去,一阵灼热的剧痛顿时传到肩膀,他痛得身体颤抖起来。

"哦!"波提亚在门口焦急地看着他,"我不是有意惊扰你的。对不起,我应该先敲门的。我没有敲门,是因为我知道我不该来这儿。爸爸是不会同意的。他是朱利叶斯叔叔的弟弟,他大部分时候都很注重自己的名声。"

马库斯咬紧牙关,等待阵痛消退。

波提亚来到马库斯的床边,低头看着他说:"你看上去……糟糕透了。瘀青和刀伤遍布全身,手臂上还绑着绷带。"

马库斯举起右手,指了指波提亚:"你的情况看起来也不怎么好。"

波提亚的手肘上绑着绷带,苍白的脸颊上有几道抓痕和擦伤。

她没有理会马库斯对自己伤势的评价,而是微微皱眉说道:"是不是很痛?"

"是的。"

"我懂。"她看着他,再次迎着他的目光,说道,"我多么希望那天没有从围栏上掉下来,这样你就不会为了救我而受伤。对不起!"

"无论如何,我都要和那两只狼作战。"马库斯露出虚弱的微笑,"受伤是必然的。我很庆幸我还活着。"

"你真的很勇敢。"她平静地说。

"我只是做了我必须做的。"

"我想是的。"她微微侧过头,"你介意我问你一些问题吗?"

马库斯噘起嘴回答道:"不介意。你想问什么?"

"我很好奇为什么明明有机会,你却没有杀掉那个男孩?我看得出来他恨你。如果当时你们的处境互换,他一定不会放过你。"

"你说得很对。"马库斯说道。

"那你为什么还那么做?"

"他已经被我打败了。杀死他,毫无意义。战斗已经结束了,杀死他,是多此一举。"马库斯试着更清晰地回忆那个时刻,"我不知道,我记不太清楚了,我只是觉得杀死他……是不对的。"

波提亚盯着他，笑了起来："你和我以前见过的角斗士一点儿也不一样。"

"这么说，你见过很多角斗士？"马库斯不禁嘲笑道。

她收起笑容回答道："是的，确实是。"

一阵令人尴尬的沉默。许久，她以更加平静的口吻说道："听说你即将成为我的贴身护卫。朱利叶斯叔叔认为你强壮而优秀。就我自己而言，我只有一个问题想问你。你是否会杀死任何一个威胁我生命的人？"

马库斯思考了一会儿，然后点点头："如果我必须那么做的话。"

"很好。那么我们就罗马见吧，马库斯。"说到他名字的时候，她的嘴角闪过一丝笑容。接着，她轻轻拍了拍马库斯的手臂，便匆匆走向大门。她鬼鬼祟祟地朝门外瞥了一眼，然后偷偷溜出房间，离开了。

不一会儿，马库斯就再次沉睡过去了。

第二天早晨，马库斯醒来时，浑身肌肉僵硬，瘀青遍布。手臂上的伤和被恶狼咬过的地方传来的疼痛，让马库斯难以忍受。他试着从床上爬起来，一边起身一边痛苦地呻吟着。过了一会儿，角斗士学校的外科医生爱普克莱斯急匆匆地走了进来。

"你在做什么？赶快躺回去。否则你的伤口会再次裂开的。"

马库斯按照他的吩咐做了。医生很快检查了他的伤势，换了他手臂上的绷带。那些咬伤和小的刀伤则没有被裹上纱布。

"最好让这些小伤口透透气，它们会很快痊愈。手臂上的伤则要久一些。我已经缝合了这个伤口，大约八到十天的时间，就能拆线了。到时候你把这些情况告诉新主人家的外科医生，如果他们有的话。"

马库斯点点头，然后清了清喉咙，问道："弗莱克斯怎么样了？"

"你是指和你决斗的那个男孩？他会康复的。你把他打傻了，他现在还有一点晕晕乎乎。他那厚实的、凯尔特人特有的头盖骨救了他一命，让他的头部免于被击穿。他会成为班里的笑柄。他甚至有了个新绰号，他们叫他'鼠饵'。而你，恰恰相反，却成了小英雄。"

"英雄？"马库斯摇摇头，"我有生以来从没有如此害怕过。"

"哦,那你原本对竞技场上的决斗是怎么设想的呢?"爱普克莱斯疲倦地叹了口气,"这是成为一名角斗士的必经之路。一直都是。不管怎样,这些对你而言都已经过去了。我听说你即将前往罗马。"

"我将成为凯撒侄女的贴身护卫。"

"嗯,这份工作要安全多了。我想你今后除了保护你的小主人不被精美的甜点噎住之外,再无其他危险的事情要做了。"

"但愿如此。"马库斯躺在床上,调整到一个更加舒服的姿势,"我什么时候能启程?"

爱普克莱斯直起身子,挠了挠脸颊说道:"两天?或许是三天之后。主人正准备指派一辆马车前往罗马取回他订购的盔甲,你会随这辆马车一起。想想吧,小伙子——几天之后你就会在罗马了。那将会是多么美妙的事情啊。"说到这儿,爱普克莱斯双眼放光。

"是的,希望如此。"马库斯说道。

他早就开始设想自己要如何去找庞培将军了。

14 身世之谜

马库斯的伤臂吊在胸前。当马车慢慢地经过路边坑突然倾斜的时候,他吃力而小心翼翼地撑着胳膊。前面就是西尼萨小镇了,今晚他们将要在那里的旅馆住宿。

冬天已经结束,春日正在走来,路上满是忙碌的商人和借着好天气出行的旅行者。疾驰的马车上堆满了各种物品,路上行走着成群结队或孤身上路的人们……

当马车与一群从对面走过来的、戴着镣铐的奴隶相遇时,马库斯觉得他们很可怜。他们中的大部分人都穿着破旧的上衣,光着脚,脸上写满了对奴隶生活前景的绝望和沮丧。马库斯转过头满心愤怒地观察了他们一段时间。

看着这些可怜人,马库斯很伤心。但是,他提醒自己,父亲的农场里也有奴隶啊。马库斯和他们一起成长，把他们当成家人和朋友，马库斯觉得那时他们对自己的命运还是满意的，实际上也许是因为他们自己早已接受了这个事实。现在马库斯有了不同的认识，他自己现在也成为了奴隶，并且每天都为此背负着沉重的心理负担。他渴望重获自由成为自己命运的主人。

马库斯还在注视那些戴着镣铐的奴隶时，马车旁走过一个身穿长斗篷、头戴挡风帽的乞丐，他正向西尼萨方向行进。

在距马车只有五十步远的时候，那个乞丐手执拐杖和乞讨的饭碗，停下来向押运奴隶的护卫讨要钱币。护卫把那个乞丐推到一边后继续前进。

"也许有比做奴隶更糟的事情，"马库斯一边想着，一边转身，"可乞丐毕竟不像奴隶，他们可以自由地选择自己的生命之路。"

马车夫一边咂嘴一边拽紧缰绳，赶马快跑。

马库斯愤怒地看着他。

车子的颠簸让他的手臂疼痛不已，车速已经不能更快了。这个车夫叫布鲁图斯，是一个身材魁梧、被解放的奴隶,但事实是他现在几乎和当奴隶一样,没什么自由。自从离开角斗士学校,他们就几乎没说过话,马库斯并不希望和这个人一直同行到罗马。

到达西尼萨的大门时,车速终于慢了下来,进城的车辆必须付费才能进入。

布鲁图斯不耐烦地坐着,一边咂嘴一边抱怨道:"快点儿,快点儿!不要这样搞一天……"

他们前面骡子车的主人付了钱穿过大门后,就轮到布鲁图斯和马库斯了。

收费员走过来看着马车:"车是空的,你们的车什么都没有,是空跑的吗?"

"看得很清楚,"布鲁图斯嘟囔道,"只有我、孩子和车。"

"这孩子是你的吗?"

"他是一个奴隶。我要把他送到罗马的一个贵族家。"

"啊,那么,你得为他和车交过路费了。"

"什么?"布鲁图斯皱起厚重的眉头,"这都是什么乱七八糟的规定!什么时候西尼萨开始收奴隶的人头费了?"

"看那里。"收费员指着大门上方的收费告示说道。在那里有一个新的告示,已经被从底部重新粉刷。"上个月市政官员已经通过新法令:奴隶们已经成为征税商品。抱歉,先生。"他牵强地道歉着,然后强调道,"但是,你必须得为那个男孩交税。"

布鲁图斯转过来盯着马库斯说道:"我可不想为这个拿钱。你的新主人必须在我们到罗马后赔给我!"

马库斯耸耸肩:"那是你和他的事,和我无关。我只是奴隶。"

"你忘了吗?"布鲁图斯咆哮道,"再在后面说话我就揍你,听到了吗?"

布鲁图斯转向收费员,拿出钱包交了过路费:"给!你告诉市政领导们,就说是我说的,他们就是一群骗子。"

"谢谢,先生,"那个人笑着说,"我肯定会把顾客的建议反馈上去的。请通过吧。"

布鲁图斯摔了下缰绳,对着马群吼了一声:"哈!走啦,你们这群畜生!"

马车隆隆地驶过拱形门进入镇子。腐烂的蔬菜味、下水道的臭味和发霉的潮湿物的气味充斥了整条街道。

马库斯皱了皱鼻子。布鲁图斯驾车继续快速前行,他似乎一点儿都不担心大道上的行人,他们无奈地躲着他的车,然后在后面大骂他。转过大街进入旅馆的院子后,他收起了缰绳。

"你下来。我停车的时候跟着我。"

马库斯一只手扶着车爬了下来,跟着骡车走着。布鲁图斯叫了旅馆马夫,两个人过来解开套马杆,把车靠在墙边。这些做完以后。布鲁图斯把马群牵到马厩,然后对着马库斯点了点头:

"你给自己找些做铺盖用的稻草,你就睡在车里。"

"那你呢?"马库斯问道。

"我?我会在旅馆找个床位,然后喝两口酒。你就待在这儿。不许离开院子。"

"我吃什么?"马库斯很生气地问道,"我这一天什么都没吃。你不能让我饿着。"

"你是奴隶。我爱怎么做就怎么做。"

"但我不是你的奴隶。你得一直照顾我,直到罗马。"

布鲁图斯吸了口气,推了马库斯的鼻子一下。"好,"他酸溜溜地回答道,"如果我还能记得,我会给你送吃的。"

他没再说话就转身走开，走进旅馆的矮门里。

马库斯怒视了他一会儿，就去马厩拿了一些稻草放到了车里。他把车板铺好，舒展身体，靠在车体上。

"还是一个奴隶。"他对着自己嘟囔。

过了很长时间，马库斯只是坐在那里听着周围大街上的喧嚣，偶尔还会听到骡子尖锐的叫声或者旅馆里醉酒人的喧哗声。当他准备闭上眼睛休息的时候，他看到一个人警觉地走进了院子。

那个人穿着长斗篷，手里拿着碗。当那个人摇着碗的时候，一阵微弱的钱币撞击声传到了马库斯的耳朵里。马库斯记得他，他是那个早先在路上看到的乞丐。他安静地注视着那个乞丐。

乞丐见四下无人，便把碗放下，偷偷进入到院子中央，然后环视四周。马库斯只能看到他的下巴，因为帽子遮住了他的脸。很快，那张隐藏着的脸转向马库斯，在马车前短暂地停了一会儿。

"你在浪费时间，"马库斯说，"我没钱给你。"

"钱？"乞丐静静地说，"我不想跟你要钱，马库斯。"

马库斯震惊了:"你怎么知道我的名字?"

"我还相当了解你呢,"乞丐回答,"也许比你自己更了解。"他跛着脚走到马车的后面,然后把拐杖放到拿碗的手里,他掀开帽子露出了脸。

"布雷克萨斯!"马库斯惊讶地摇头,"天啊,我希望你早已离开。你在这里干什么呢?"

"我等着跟你说话呢,马库斯。我从加普亚一路跟着你到了这儿。"布雷克萨斯看了一眼四周确保院子里只有他们俩,然后他爬了进来,对着马库斯坐下来。"有些事情我得告诉你,是非常重要的事。在我告诉你之前,我首先想办法告诉了其他人。现在他们知道了并且也同意我把这些事告诉你。这是你的权利也是你的命运。"

马库斯还在为与朋友重逢而惊喜,他困惑地摇了摇头:"你在说什么?"

布雷克萨斯紧张地看着他:"我不知道该怎么说,有些只是我的猜想。我还得快点儿说,我不知道在别人回来之前,我还有多长时间。"

"布雷克萨斯,你必须得走了!"马库斯惊慌地说道,"如果你被看到,认出来的话,你会被抓回去的。你只有一条腿，是跑不掉的。"

布雷克萨斯狡猾地笑了："情况还没那么坏。我没事。现在，你听着。"

马库斯张嘴想抗议，但是布雷克萨斯抬手制止了他。

布雷克萨斯拍了拍他的右肩："那天我看到的你的那个烙印，我之前就见过，但是一时没想起来。直到你告诉我关于你母亲的事。你说她是个奴隶，是斯巴达克斯的追随者。"

"是的。直到她被抓，我父亲买下她。"

"马库斯，我得告诉你，你妈妈不是斯巴达克斯的追随者。"

"那是什么意思？"马库斯靠近布雷克萨斯，"为什么她对我这么说？为什么对我撒谎呢？"

"那不是撒谎。某种程度上她是一个追随者。但是她不仅是追随者那么简单，她是他的爱人，他的妻子，现在奴隶是可以有妻子的。"

"妻子？"马库斯感到血液瞬间凝固了，"我妈妈……和斯巴达克斯？"

"是的。"

"你怎么知道的?"马库斯疑惑地问道。

"因为我就是斯巴达克斯团队的一员。我们一共有20人,宣誓保护斯巴达克斯的生命。我们都被做了标记,就像你一样,用一种特殊的烙印。"我们中倘若有一个死了,就会再选一个人并烙上同样的标记。只有我们知道这个标记:被角斗士的剑刺穿的罗马狼——不,是伟大的角斗士斯巴达克斯。是他设计了这个烙印,做好后,他第一个印在自己身上,接着又印到我们身上。我们是兄弟,马库斯。你父亲和活下来的我们。此外,只有他的女人清楚这个秘密符号的意义。"

马库斯紧张地哽咽了:"就是我肩膀上那个标记,是吗?"

"是的,还有我的。看这里。"布雷克萨斯拉下肩膀上的斗篷和上衣,扭着肩膀给马库斯看。一个浅浅的白色伤疤,是狼头和剑。然后,他把衣服拉回。

马库斯摇了摇头:"不是这样的。一定是巧合。"

"那么,你可以想象我看到你的烙印时有多惊讶。那也是为什么我想搞明白更多事情的原因,也是我把你从夹道棒刑中救出来的原因。"布雷克萨斯停下来若有所思地摸了摸额头,"你看,最后一次战役之后,斯巴达克斯被杀,军队也战败,但是他的女人阿莫瑞提斯消失了。"

"阿莫瑞提斯?"马库斯打断了布雷克萨斯,"但是我妈妈的名字是利维娅。"

"那是现在。"布雷克萨斯笑了笑,"不管怎样,她是和孩子在一起的,而且斯巴达克斯命令过她:如果战败,一定要逃跑。最后却无处可逃。克拉苏和庞培的军队把我们围了起来。你知道的,战斗期间,我在军营养伤。我看到了阿莫瑞提斯,她告诉我她要拿走所有值钱的东西逃到她老家。那是我们最后一次说话。我现在猜想她应该也拿走了那个烙铁。她在被捕的时候仍然拿着它,直到百夫长变成了她的主人。当她的孩子出生的时候,她给他烙印了。"布雷克萨斯轻轻抓住马库斯的胳膊,"她给你做的烙印。"

"但是,为什么呢?"

"因为她想让你带着这个反叛的标记。我想有一天她会告诉你真相,所有的真相。"

"什么真相?"马库斯问,他感到胃里涌起一阵越来越强烈的恶心,"什么真相?"

"你不是百夫长的儿子。她被捕的时候已经怀了孩子,而那个孩子的父亲是斯巴达克斯。"

"不……不!"马库斯摇着头,"这不是真的。我知道谁是我的父亲。他是一个百夫长,是一个英雄,我爱他。"他想到了那个把他当作自己亲生孩子一样养大的男人,他感到喉咙发紧。马库斯觉得自己的内心被渴望和悲痛膨胀起来。

"嘘!"布雷克萨斯连忙提醒他,然后焦虑地向四周扫视了一圈,"马库斯,我知道对你来说这是一个很难接受的事实,但是它就是事实。相信我!"

"不,我不能相信!"马库斯擦掉眼泪,"这是一个谎言。"

"那么你怎么解释这个标记呢?"

"我——我不能。"

"好好想一想,马库斯。回想一下你童年的时候,你肯定也感觉到了你的妈妈和百夫长在隐瞒你一些事情。"

马库斯试着清醒了一下头脑,然后开始回忆。

几乎没有花费什么力气,他就想起了自己在农场时的生活,他的妈妈和提图斯,他们的关系有些奇怪,有时他们像很正式的关系,有时又不像。并且他的妈妈曾经告诉他说,有一天他将不仅仅是一名农民的儿子,远远不止是一名农民的儿子。

"马库斯,我没有太多时间。听我说,我不期望你能马上理解所有的这些事情。你是斯巴达克斯的儿子,这就意味着你是奴隶制的敌人,是罗马的敌人。如果他们发现了你的真实身份,你将会面临死亡的危险。永远不要告诉第三个人我告诉你的这些事情!这里还有一件事需要你知道:尽管斯巴达克斯战败了,但是斯巴达克斯的精神存活了下来。他在整个罗马帝国的奴隶心中根深蒂固。如果这里再有另一场起义,那么会有成千上万的人想要加入他儿子的队伍中来。那一天或许永远都不会来,但是如果它到来了,那就是你的命运,你将要努力完成你父亲的工作,明白吗?"

"命运?"马库斯感到他的头一阵眩晕,他摇摇头,说,"不!我的命运是我需要赢得我的自由,然后从奴隶制度中把我的妈妈拯救出来,就这么多。"

"对于现在来说,或许是吧。但是它并不能改变你的身份,也改变不了你代表着什么。过一段时间你就会接受这件事了。"布雷克萨斯向后靠了靠,"我把我知道的事情告诉其他人了,这就是为什么我会逃跑,我想要把这件事一个传一个地告诉那些仍然记得斯巴达克斯的奴隶们。直到现在,他们中还流传着他的儿子仍然活着的消息。"

马库斯盯着他,问道:"那么,你就让我的生活充满了危险。"

"不。所有的人都知道你活着,并且你和你的爸爸一样是一个角斗士。"

"我已经知道得太多了,"马库斯痛苦地说,"如果那些统治罗马的人听到这些,那么,他们将会停下所有的事情来找我。"

"那么,你最好尽量不要引起任何人的怀疑,"布雷克萨斯建议道,"马库斯,我知道这是一个危险的秘密,并且我非常抱歉让这样一个重担压在你稚嫩的肩膀上,但是你是你父亲的儿子。如果有一天奴隶们再一次站起来反抗他们的主人,他们将要需要一名领袖,他们需要你。"布雷克萨斯又向四周环视了一圈,然后离开马车的边缘,双腿向下站到地上。"我必须走了,我看到在客栈附近出现了一个我所描述的标记。"

"你要去哪里?"马库斯不想让他走,他的心中已经生出了一个又一个的问题。

"我仍然会尽我最大的努力为了自由而战。我将会到任何有奴隶的地方，然后告诉他们伟大的反抗并没有结束，我们仍然还有很多希望。无论你在哪里看到主人打奴隶，过来找我，马库斯，那么我就会在那里，并且斯巴达克斯的精神也会在那里，包括他儿子的精神。"他身体前倾，然后用手抓住马库斯的肩膀，"好好照顾自己，你就像是我的儿子一样。"说完，他匆忙转身走了，从院子的通道一直走到了街道。

马库斯想要跟着他跑过去，但他突然想到了自己的母亲。他知道自己必须继续留在车里，他必须去罗马，并且尽自己所能做好一切事情，来纠正这个降临到他的家庭的严重错误。

他停顿了一下，然后对着自己苦笑了起来：他的家庭就是一个谎言。提图斯和他并没有血缘关系，自己并不需要为他报仇。

马库斯坐在那里，等着布鲁图斯给他带回一些残羹剩饭。他模糊地感受到了目标在内心的搅动。

马库斯从来不是一个自由的罗马人，事实上不是。他的血液里流淌着奴隶的血，并且一直都是。他一出生就注定要和奴隶的命运结合在一起，没有自由。

马库斯一直想要找到方法来纠正那些对他和他妈妈的不公平，而现在，他才意识到有一个更大的不公平正笼罩着他。对于这件事情，他必须尽快想明白自己应该怎么做。他可以选择遵照布雷克萨斯设定的路线生存，或者他可以依靠自己的力量创造属于自己的全新命运。无论是哪一条路，他都必须回到罗马去。

马库斯伸手够到自己的肩膀，他的指尖沿着烙印来回摩挲着。许久，他柔声呼唤道：

"爸爸……"